子規百句

坪内稔典
小西昭夫 編

創風社出版

◆子規百句　目　次◆

子規百句

ねころんで書《ふみ》よむ人《ひと》や春《はる》の草《くさ》

春の明るい日射しの中に「ねころんで」読書に耽っている人がいる。若い作者の眼は、同じような若者であろう「書よむ人」の上に注がれている。暫くし、「書よむ人」の上から眼を転じてゆくと、その人の周囲は柔らかな「春の草」の淡い緑に満ち溢れているのである。やがて、柔らかな春草のなかで、「書よむ人」は点景となり、春の風景が広がり、春という季節の中に包み込まれてゆくようである。後年、石川啄木は中学時代を回顧し、「不来方《こずかた》のお城の草に寝ころびて／空に吸はれし／十五の心」と詠んだが、同じような若者の多感な心がこの句の中に含まれているのであろうか。

子規は俳句をはじめたばかりであり、多感な十八歳。俳句に初々しさがある。この年の夏、松山に帰省し、井出真棹に和歌を学んでいる。明治十八年作。原句は「ねころんて書よむ人や春の草」。季語「春の草」(春)。

脇坂公司

梅雨晴《つゆば》れやところどころに蟻《あり》の道《みち》

「梅雨晴れ」は梅雨の晴れ間のこと。久しぶりの陽気に蟻が地中から出てきたのだ。それも「蟻の道」つまり蟻の行列ができるくらい沢山の蟻が「ところどころ」を活発に行動しているのだ。まさに梅雨晴れにふさわしい光景である。この句の素敵なところは蟻に焦点を絞って分かりやすい言葉で誰もが共感できることを詠んでいるところ。だから、いつの時代に読まれても私たちに新鮮な感動をもたらしてくれるのだ。

蟻といえば、三好達治の短詩を連想する。「蟻が／蝶の羽をひいて行く／ああ／ヨットのやうだ」(『南窗集《なんそうしゅう》』一九三二年刊)。このように事実の中から一つの事実を抜き取ることで初めて詩が生まれるのだ。これは子規の写生に通じるものだ。明治二十一年作。原句は「梅雨晴やところ〳〵に蟻の道」。季語「梅雨晴れ」(夏)。

岩藤崇弘

石手川出合渡

若鮎《わかあゆ》の二手《ふたて》になりて上《のぼ》りけり

神野紗希

石手川出合渡とは、松山市内を流れる石手川と郊外の重信川が合流する地点の渡し場。二つの川の合流点を鮎が二手に分れて泳ぎ上るという、早春の爽やかな句だ。下五の原作は「流れけり」だったという。「上りけり」の添削により、遡って翻って川と戦う鮎のきらきらが迫ってくる。川の透明感。若鮎の躍動感。やわらかすぎる光。その全てが、出会いと別れの季節を鮮やかに代弁している。

この年、子規は退学・日本新聞社入社と、人生の転機を自ら選びとる。病と死期を意識し、大器晩成型の政治家の夢を捨てての決断だった。エリート官僚コースをひた走る大学の友人と、自分。しかしどちらもまた死に物狂いで生きていかねばならない、人生の優劣のつけがたさ、生きていることのきらめきを、まだ若い子規は、故郷の出合渡から眺めた若鮎の光の束に重ね合わせたのではないだろうか。明治二十五年作。原句は「若鮎の二手になりて上りけり」。季語「若鮎」(春)。

身内の老幼男女打ちつどひて
鯛鮓《たいずし》や一門《いちもん》三十《さんじゅう》五六人《ごろくにん》

鯛鮓は瀬戸内で捕れる鯛を軽く酢で締め、薄く切り押した鮨であろうか。前書きにもあるように、一族三十五六人が鯛鮨はじめご馳走を卓上に、集まっている賑やかな座の様子がうかがえる。かつて私方でも、祭りとか何かにつけて親戚中が集まったものだ。必ずご馳走の中心に鮨が盛られていた。

子規の又従弟、同級生であった三並良は、「拓川集・追憶集」（昭和八年）のなかで書いている。「我々の親族は非常な大家族であった。親族の会を開くと、何時も七八十名は集まった。それが皆血族の者許りである。その中には後の正岡子規もゐた藤野古白も居た。」一門三十五六人どころか、その倍以上だったというのだ。この句の頃には、それぞれ成長して松山を離れたり、祖父母が亡くなったりして、半減していたのだろう。満面に笑みをたたえ、美味しそうに故郷の好物の鮨や料理を食べている子規が目に浮かぶ。幸せなひと時であったであろう。明治二十五年作。原句は「鯛鮓や一門三十五六人」。季語「鯛鮨」（夏）。

松本京子

白牡丹《しろぼたん》ある夜《よ》の月《つき》に崩《くず》れけり

「牡丹」は晩春から初夏にかけて直径一〇から二〇センチの豊麗な花をつける。花王・花神・富貴花などの異名を持つ。色は白・紅・真紅・黄・絞りなどさまざまだが、白い牡丹はやはり清楚な感じ。女性の美しさの代名詞としても使われる牡丹が、ある夜の月に崩れた。それは美しく咲いていた大輪の白牡丹が時間の経過のなかで散ってしまったということだが、そこにはさまざまなドラマが想像される。

この頃の子規は、執筆に専念した小説『月の都』をもって幸田露伴を訪ねた。しかし、その批評は芳しいものではなく、五月四日付けの虚子宛書簡には「僕ハ小説家トナルヲ欲セズ詩人トナランコトヲ欲ス」と書き送っている。そんな当時の状況を考えれば、白牡丹は子規自身、月は小説『月の都』とも読める。明治二十五年作。原句は「白牡丹ある夜の月に崩れけり」。季語「白牡丹」(夏)。

浅海好美

窓《まど》かけや朧《おぼろ》に匂《にお》ふ花《はな》いばら

窓にかけられた、カーテンを通り抜けて空気が漂う。花いばらの香はそれほど強くないので、花の香を感じるとすると、陽がすこし落ちた頃かもしれない。窓かけの先にある、満開の白い花いばらを作者は見ていない。小さい、可憐な花ではあるが、バラ科の特有の棘と勢いの強い繁殖力をもっている。嗅覚だけで、その様を想いめぐらしている。朧という表現は、初夏の光のやわらかさとともに、その場の静寂を感じさせる。花の香に気がつき、匂ふまでの、わずかな時間とそれからの時間。作者の胸中に思いをはせてしまう。

退学を決断、小説家になることを断念、俳句の革新に着手、日本新聞社に入社など、身辺に大きな変化のあった年であり、心中穏やかでなかったと思われる。その中で、一人、静かに自分と向き合っていたのかもしれないが、余韻が爽やか。明治二十五年作。原句は「窓かけや朧に匂ふ花いばら」季語「花いばら」(夏)。

堀田由美子

名月《めいげつ》や伊予《いよ》の松山《まつやま》一万戸《いちまんこ》

大早直美

明々とした満月の下に松山の街が広がっている。その松山は今や一万戸を擁する都市に発展した。感慨深いことだ。夜の街をそぞろ歩きながら見上げると月。その月が照らしているのは、城山を中心に広がる一万の家並み、一万の暮らし。仰ぎ眺める夜空と、月の視線から俯瞰的に見る風景とが立体的に描き出され、松山の発展を言祝いでいるかのようだ。

明治二十二年の市制施行で松山市が誕生、その時の人口は三万三千人近くであった。句が作られた頃は、戸数で言えばちょうど一万戸に達した頃。当時、話題にもなったに違いない。この年の子規は、病気を意識し大学での学業を断念するという転機の中ながら、俳句の面白さに目覚め、書き留めるのももどかしいほどに言葉が俳句となってあふれ出る状態であった。見るものすべてに感動をおぼえ次々と作句した、若い子規の勢いを感じる。明治二十五年作。原句は「名月や伊豫の松山一万戸」。季語「名月」(秋)。

冬枯《ふゆが》れの野《の》に学校《がっこう》のふらふかな

冬が深まり、木も草もすべて枯れ果てた野に、一点の旗がある、校旗である。脳内レンズはまず全面枯れ一色の野をとらえる、次にその只中に立ちつくす突起物をズームアップ、突起物は日月に晒され荒涼の極みを翻っている校旗であった。

当時、子規は二十五歳。松山中学を退学して上京後九年経過、執筆した小説『月の都』の評芳しからず、詩人として生きることを決意、文科大学の学年試験を放棄して落第、同大退学、上根岸に母と妹を迎えて同居、日本新聞社入社、月給十五円。青雲の志というものが闇雲に人を動かした時代がある。子規の明治である。若く元気な学生だった子規は、学校の勉強よりも、好きなことに没頭することで、なりたい者になろうとした。掲句の校旗は、時代の風にまだ探し当てられていない、子規という旗である。日本新聞社入社後、明治二十五年十二月の作。原句は「冬枯の野に學校のふらふ哉」季語「冬枯れ」(冬)。

阿南さくら

子規の家族

渡部ひとみ

子規は五歳の時、父常尚を亡くした。だから、子規の書いたものの中に父の登場は少ない。「只々その大酒豪なりしことは誰もいふ所にて、毎日々々一升位の酒を傾けたまひ、それが為に身体の衰弱を来し、終に世を早ようしたまへり。」「父は高慢にして強情に、しかも意地わるきかたなりしと」(『筆まかせ』)。決して印象は良くない。周囲の人も子規自身も常尚を反面教師として成長していくことになる。子規は明治二十九年、新体詩「父の墓」を書いた。「(略) 石塔倒れ花萎む/露の細道奥深く、/小笹まじりの草の中に/荒れて御墓ぞ立ちたまふ。/見れば囲ひの垣破れて/一歩の外は畠なり/石鎚颪来るなべに/栗穂御墓に触れんとす。/胸つぶれつゝ、見るからに、/あわてて草をむしり取る/わが手の上に頰の上に/飢ゑたる薮蚊群れて刺す」。この詩から察すると決して父常尚の事を恨んでいない。見るからに情けない父の墓の姿に胸を打たれ悲しんでいる。薮蚊に刺されても懸命に草むしりをしている子規が見える。この頃はすでに腰の病が発病していた時なのに。五十歳を待たずして他界した私の父も大酒飲みだった。父が生きている頃は父の事はあまり好きではなかった。亡くなって三十年になるが、年を重ねるごとに、父への郷愁が募る。子規にもたった一人の父だったのだ…。

母八重と妹律の子規への愛情は深い。明治三十四年。既に仰臥の人となっている子規。九月二日。薬を呑んでも腹痛が治まらない夜に「母も妹も我枕元にて裁縫などす三人にて松山の話殊《こと》に長町の店家の沿革話いと面白かりき」。八重は息子に、律は兄を枕元で案じているが裁縫や話しでもする他は術がない。明治三十三年十月十五日の記事には「今朝覚めたるは五時頃なるべし。四隣なお静かに、母は今起き出でたるけはいなり。何となく頭なやましきに再び眠るべくもあらねば雨戸を明けしむ。母来たりて南側のガラス障子の外にある雨戸をあけ窓掛を片寄する。／今母が枕もとに置きし新聞を取りて臥しながら読む。／溲瓶《しびん》を呼ぶ。／妹に繃帯取換を命ず。繃帯取換は毎日の仕事なり。／母は、歯磨粉、楊枝、温湯入れしコップ、小さきブリキの金盥《かなだらい》など持ち来たりて枕元に置く。少しうがいして金盥に吐く。」と、この様な毎日が八重と律の日課。重い病気の割には子規は食欲旺盛、好奇心も旺盛。癇癪もでる。看病だけでは済まされない。律は、ある時「何の役にも立たず不愉快なれどあきらめるより他に致方《いたしかた》もなきことなり」などとひどい事を書かれている。だが看護婦やおさんどんと言いつつも「もし一日にても彼なくば一家の車はその運転をとめると同時に余は殆ど生きて居られざるなり」と、有り難さは充分理解している。やはり家族は家族。かけ替えのない親兄弟そして子供なのだ。

母の詞《ことば》自ら句になりて

毎年《まいとし》よ彼岸《ひがん》の入《い》りに寒《さむ》いのは

律　「お彼岸じゃ言うのに寒いなぁ」
八重「毎年の事よ、入りに寒いのは」
子規「母様、それじゃが、もろた」
律・八重　・・・・？

家族とのこんな会話が彷彿とさせられる。上五の「よ」が偶然にも間投助詞の切字の役目を立派に果たしている。家族が交わす日常瑣事の会話の中に、詩を見い出した子規の感性の高さが感じられる句。明治二十五年十一月、母と妹は子規に迎えられ上京、不馴れな東京で子規と初めて過ごした冬であったが、日本新聞社に就職、月給十五円で家族の糊口を凌ぐことが叶えられた子規。母と妹にとって、温かで穏やかな冬ではなかっただろうか。単に彼岸といえば春彼岸を指す。春分の日を中日といい、その前後それぞれ三日即ち七日間を彼岸と呼ぶ。明治二十六年作。原句は「毎年よ彼岸の入に寒いのは」。季語「彼岸の入り」(春)。

熊本良悟

紅梅《こうばい》の隣《となり》もちけり草《くさ》の庵《いお》

根岸草庵

紅梅が咲いているのは隣の家で、我が家は粗末で殺風景な「草の庵」だ。ところが「隣もちけり」というプラス思考の発想の転換によって、粗末なはずの「草の庵」の方が、紅梅の咲く隣より偉そうに建っているような印象を受ける。「紅梅の隣」を我が家に引き寄せて誇らしげな詠みぶりがユーモラスで、思わず微苦笑してしまう。

この句を作った前年、子規は松山から母と妹を呼び寄せ一家を構えた。上京途中には母たちを神戸京都に遊覧させる。送金依頼していた松山の叔父から節約の要請と東京移住の支出明細を求められた子規は、贅沢かも知れないが前途花咲かない身の上を考えての親孝行であると断じる。金を拝借して親孝行だと胸を張ったり、「紅梅の隣」を丸め込んだり、ちゃっかりした子規の遊び心が、深刻でせっぱ詰まった事態に余裕を与える。こわばりをほぐす。明治二十六年作。原句「紅梅の隣もちけり草の庵」。季語「紅梅」（春）。

谷さやん

日《ひ》ざかりや海人《あま》が門辺《かどべ》の大碇《おおいかり》

堀内統義

強い太陽に焙られる漁家。真夏。日盛りのしじまの底だ。目に焼きついたのは、門辺に捨て置かれた大きな碇。そのとき、膚を焼く陽光が、ひときわ凄まじさを募らせる。炎暑がすべてを鷲掴みにした。当時、子規は「実景を俳句にする味を悟った」心境にあった。

この年、土用から残暑にかけて、子規は芭蕉の足跡を追い、みちのくを旅した。三陸沿岸は岩礁地帯にめぐまれ、アワビ・ウニ・ホヤ・ワカメ・コンブなどが豊富。前々年、子規が訪れた房総は、どの浜も男女入会で潜水漁業が古くから盛んだった。しかし、三陸は見突き漁の本場。船上からのぞいて、銛を先端につけた長い棹や棒をふるって採取する。子規が目にしたのは、そうした船の碇であったろうか。「海士《あま》が家《や》に干魚《ひうお》の臭《にお》ふあつさ哉」も同時に。体調を気遣いながらの長旅に、暑さはひとしお堪《こた》えたのであろう。明治二十六年作。原句は「日さかりや海人か門邊の大碇」。季語「日ざかり」(夏)。

草庵

薪《まき》をわるいもうと一人冬籠《ひとりふゆごもり》

武田美雪

薪割りをしているのは妹である。薪は、当時竈や風呂でなくてはならない燃料であり、まして冬場はストーブでも使う。「冬籠」は、人や動物が寒い冬の間、家・巣・土の中に籠もることをいう。冬の季語であるが、この句においては、妹一人戸外で薪割りをさせ自分は一人冬籠もりという作者の自責の念さえにじませているかのようだ。

子規にとって妹の律は掛け値なしに逞しい存在だった。結核の身には冬の寒気は大敵である。子規は一人ぬくぬく障子を閉めて家の中にいる。子規の目には律の姿は見えない。ただ耳に薪の割れる小気味よい音が響くだけだ。「もう百も割りよったが、ええ加減でやめんかや。」寒気の中に一人立つ妹を気遣って独り言を言ったかもしれない。執筆以外は一人が嫌いな子規である。独り言は妹への呼びかけに変わったかもしれない。そう言えば、古代では女性は男性の旅の無事を守る「妹《いも》の力」を持つ存在であった。明治二十六年作。原句は「薪をわるいもうと一人冬籠」。季語「冬籠」(冬)。

訪人

ここぢやあろ家《いえ》あり梅《うめ》も咲《さい》て居《お》る

渡部州麻子

いきなりくだけた話し言葉から始まることによって、心の弾みが伝わってくる。「ここぢやあろ／家あり／梅も咲て居る」という句形は、通常であれば三段切れとして避けられる作り方。が、この句の場合は軽快なリズムが逆に魅力となっている。また、咲いているのが梅というのもいい。どこか懐かしい人を連想させる。「梅も咲て」に、ようやく家を探しあててほっとした気分も感じられる。「訪人」と前書きがある。「ここじゃあろ」は伊予弁のようだし、子規が誰か知人を訪ねたときの実体験かもしれない。

子規には日常語や俗語を使った作品が多くある。これもそんな例だが、大胆な話し言葉がいかにも子規らしい試み。明治二十七年作。原句は「こゝぢやあろ家あり梅も咲て居る」。季語「梅」（春）。

海棠《かいどう》の雫《しずく》にそだつ金魚《きんぎょ》かな

春の雨が海棠をやさしく濡らしている。切り取って花瓶にでも差したのであろうか、その花や葉からこぼれちる雫に、すばやく身を翻す金魚。そのひれの美しくゆらめくさまに金魚の成長を見る思いがした、というのである。慈雨によって華やぐ生命《いのち》、それらをいとおしむ子規のまなざしまでもが感じられる。水滴が花海棠から金魚へ、金魚から子規へと不思議な力を呼び覚ましているようだ。

この句は、物語的な要素を持ちながら、絵画的構成でもある。若葉と房状に薄紅色の花をつけた海棠、直線的に落ちる透明な雫と金魚のひれが描く優美な曲線という対比や配置・配色は艶麗な春の雰囲気を醸し出している。また、「海棠睡《ねむり》未だ足らず」と玄宗皇帝が楊貴妃を評した故事もあることから、楊貴妃の姿を想起させ、句に奥行きを与えている。明治二十七年作。原句「海棠の雫にそだつ金魚かな」。季語「海棠」(春)。

俊成由美子

陸軍省建築用地《りくぐんしょうけんちくようち》の菫《すみれ》かな

空き地には、縄張りをして立て札を立ててあった。「陸軍省建築用地入不可」。うん、これはなんとなく俳句に似ているが、「入不可」では味も素っ気もない。句になっていない。句にするためには、「入不可」を俳句らしき表現に変えればよい。見るもの聞くものは全て即座に俳句にするのだ。富士山には月見草、陸軍省には菫草がよく似合う。似合い過ぎる。が、まあ、いいか。

この年の三月、中村不折の挿絵が「小日本」に登場した。子規は不折を通じて写生の大切さを知り、写生句作りに没頭する。八月、日清戦争が勃発し、友達の五百木飄亭が衛生兵として朝鮮に出征した。菫は小国民の平和な生活の象徴に見えるが、子規は好戦的だ。この句は虚子選の『子規句集』二千三百六句の中に入っていない。明治二十七年作。原句は「陸軍省建築用地の菫かな」。季語「菫」(春)。

武井康隆

家《いえ》あつて若葉《わかば》家《いえ》あつて若葉《わかば》かな

　これだけ大胆に、簡潔に構成された句には、なかなか出遭わない。どこを見渡しても、萌えるような、むせかえるような若葉が、眼に飛び込んでくる。余分なものを一切排除しきり、「若葉」に焦点を絞ったところで、「家」と「若葉」に限定されたのであろう。まるで息堰切ったような感動が、一気に押し寄せてきたといった風に。それは、単純この上ないリフレインにより、達成されたかの感がある。リフレインが音楽性を獲得した瞬間である。
　明治二十七年、根岸に転居。大喀血の前年のこと。年頭には、千住方面、王子、川崎大師、千葉方面などに小旅行を試みている。健康にはまだ余裕の見られる年。子規二十七歳、若葉のごとく、自らの青春を重ねて考えられたのもむべなるかな。その口をついて奔出してきたかのような句。有無を言わせぬ子規の勁切さを見る。明治二十七年作。原句は「家あつて若葉家あつて若葉哉」。季語「若葉」（夏）。

渡部可奈子

子規と松山

東　英幸

子規は慶応三年（一八六七）九月十七日（太陽暦十月十四日）伊予国温泉郡藤原新町（現松山市花園町）に生まれた。本名は常規。幼名は処之助、後に升と改名。「のぼさんのぼさん」と親しまれたゆえんであり、上京して熱中したベースボールを「野球」としたのも「のぼーる」からくる（だが、やきゅう、とは読まなかったようだ）。父常尚は松山藩士で、母八重は松山藩儒者大原観山の長女であった。翌年（明治元年）、湊町新町（現湊町三丁目）に転居するのだが、そのまた翌年に火災に会い全焼。この時の幼児体験が、終生子規が赤色にこだわった因となる。後の「吾幼時の美感」の中で、「風に吹き捲く炎の偉大なる美に浮かれて、バイバイ（提燈のこと）バイバイと躍り上がりて喜びたり」と記す。幼ない子規の目に飛び込んできた火事の赤は強烈だったのだろう。明治五年父の死以降、大原観山の私塾に通い素読を学ぶのだが、これが観山を喜ばせる程子規は勤勉であった。観山の没後（明治八年）は土屋久明に漢学を学び、漢詩を作るようにもなる。この小学校時代には仲間と子規が編集発行人となり、回覧雑誌『櫻亭雑誌』『松山雑誌』『辨論雑誌』を作っている。松山中学時代には、『同親会詩鈔』『秀頴詩鈔』『五友雑誌』『莫逆詩文』『近世雅懐詩文』などがある。子規の率先して人をぐいぐいと引っ張ってゆく精力的な行動は、この時既に芽生えていたのだ。明治十三年松山中学に入学してからの子規は、河東静渓（碧梧桐の父）に漢詩を請い、五友と漢詩の会「同親会」を結成し、輪番で各家で例会を持った。時に自由民権運動の高まる中、子規たちにも政治への関心が募り、政談演説に熱中する。やがて立志の念を抱くようになり、中央への憧れを強くし、松山中学を退学して上京。子規十六歳のときである。ここには叔父加藤拓川の働きが大きかった。

上京後、帰省したおり、明治十八年井手真棹に和歌を、明治二十年大原其戎に俳句を学ぶ。明治二十二年子規は初めて喀血し、この時から子規と号するようになる。帰省は度々しているのだが、明治二十八年日清戦争従軍の帰途喀血して、須磨で療養後松山へ帰ったのが最後となった。この静養帰省中、子規の健康も少しづつ回復に向かっていた。この時期漱石も松山に居て、松山中学へ英語教師として四月に赴任したばかりだった。子規はこの漱石の下宿に仮寓し、五十日あまりを過ごす。その離れの下宿を「愚陀仏庵」と名付けた漱石は一階を子規にあてがい、自身は二階へ上がった。ここでは松風会の連中と連日句会が催され、中でも子規と同年の柳原極堂などは日参した。後にこの極堂によって俳誌「ほととぎす」が松山より発行されるのである。

秋風《あきかぜ》や大蛇野道《だいじゃのみち》に横《よこ》たはる

まず秋風が吹くのである。心地よく、少し淋しい。ところが突然、大蛇が出現するのだ。ヤマタノオロチほどの大蛇を想像してしまう。それが野道に横たわっているのだ。清涼な秋の風景は一変する。切字が良く効いている。中七下五の一気の畳み掛けも、まるで幻妖の出現を思わせる。ところがこの大蛇は動かないのだ。死んでいるのかもしれない。秋風が何故かそんな風に思わせるのである。

明治期の新聞を読むと東京の真ん中に大蛇が出現したという記事が頻々と出てくる。一升徳利や醤油樽ほどもある大蛇が、日暮里や千住大橋や東大の構内にまで出現しているのである。ところが明治二十八年八月の記事をもって、東京から(新聞紙上では)大蛇は姿を消す。日清戦争開戦の翌年、子規が従軍記者としての帰途、船中で喀血した年である。この大蛇は東京の大蛇である。明治二十七年作。

原句は「秋風や大蛇野道に横はる」季語「秋風」(秋)。

菊池　修

赤蜻蛉《あかとんぼ》筑波《つくば》に雲《くも》もなかりけり

成熟すると赤くなるのが赤蜻蛉であるが、雄の赤は特に鮮明である。夏は山地で過ごし、秋になると里に下りて来る。そういう赤蜻蛉が真っ赤な姿態を輝かせている。天候は、関東平野の東に聳える筑波山がはっきりと見えるほどの秋晴れである。もちろん雲などは微塵も見られない。秋の澄んで乾いた空気に包まれながら、近くの赤蜻蛉と遠くの筑波を交互に眺めて書かれた、スケールの大きな写生句である。

同年の句に「はらくと螽《いなご》飛ぶ野の日和哉」がある。赤蜻蛉と螽、筑波と野というように対比すると赤蜻蛉の句の雄大さがよく分かってくる。そして、雲もなかりけりというきっぱりとした措辞が読者に実に清々しい感興をおこさせる。子規自身の晴々とした心持まで見えてくるようだ。子規二十七歳、根岸に子規庵を結んだころの句である。明治二十七年作。原句は「赤蜻蛉筑波に雲もなかりけり」季語「赤蜻蛉」(秋)。

松本勇二

我袖《わがそで》に来《き》てはね返《かえ》る螽《いなご》かな

　蝗《いなご》は人間に対してあまり神経質ではないのだろうか。袖に止まるくらいだから、作者が居る場所は、水田のそばか野原であると思われる。防虫剤や農薬など無かった時代には、水田や野原だけでなく、水田近くの家や庭先などにいると、人に蝗がくっついてくることは、当時としては日常茶飯事だったのだろう。このありふれた初秋の光景の一瞬をとらえる着眼の鋭さと、簡潔な表現がこの写生句の魅力なのだ。「はね返る」という言葉に躍動感とともに、自分に跳んできた蝗を見やる子規の温かさを感じることができる。
　この句を詠んだ頃子規は二十七歳。上根岸に転居し、二月に「小日本」(同年七月休刊)の編集長となっている。東京に住みながらも田園の生活や故郷松山の自然を懐かしむ子規の思いが、この句を生み出したのだろう。明治二十七年作。原句は「我袖に來てはね返る螽かな」。季語「螽」(秋)。

三好万美

紙漉《かみすき》や初雪《はつゆき》ちらりちらり降《ふ》る

寒中に漉いた紙は丈夫で美しい。紙漉きは古くから厳寒の重労働だった。そんな川沿いの村へ、「ちらりちらり」と初雪が降り始める。外の子ども達は歓声を上げているだろうが、紙漉きの人々の熟練した手つきが乱れることはない。本格的な紙漉きの季節の到来である。紙料を揺り動かすときに繰り返し起こる白い波と、初雪の淡い世界が静かに重なる。

明治二十七年十二月十七日の新聞「日本」で、子規は「一昨日東京横濱に初雪降りし事は記せしが尚ほ其外にも初雪を見し處を擧げんに」と書き、全国二十ヶ所の初雪の句を詠んでいる。この句はその中の一つで、越前和紙で知られる福井を詠んだもの。冷えきった冬の水に手を入れ、美しい紙を漉き続けた越前の人々の姿が見える。明治二十七年作。原句は「紙漉や初雪ちらり〳〵降る」。季語「初雪」(冬)。

十亀わら

冬川《ふゆがわ》や菜屑《なくず》流《なが》るる村《むら》はづれ

「菜屑流るる」川は、小川である。季節は初冬。冷たくなった風が田園をかける。水量の減ってきた冬川にまで足をのばす。ズームアップされる視線の先は、枯野を流れる冬川の菜屑に向けられ、止まる。冬の到来を前に、冬菜など洗い、貯蔵準備にいそしむ人々の生活を垣間見ることができる。同年の作に「冬川の菜屑啄ばむ家鴨かな」があるが、掲句の特別なドラマを起こさせることなく、淡々と流れる句のなかの時間は清々しく心地よい。

虚子にも「流れ行く大根の葉の早さかな」がある。虚子の句が冬野菜の代表格である「大根」を特定して、近づく冬への気構えを感じさせるのに比し、「菜屑」はいかにも心許なく思える。しかし小松菜、油菜、杓子菜などの日々の暮らしのなかで捨てられた菜屑とすれば、流れる時間の静寂が深まる。「村はづれ」を心のきざはしと読むのは、主観に過ぎるだろうか。明治二十七年作。原句は「冬川や菜屑流る〻村はづれ」。季語「冬川」(冬)。

森原直子

石手寺《いしてじ》へまはれば春《はる》の日暮《ひく》れたり

石手寺は道後の名刹。そこへ「まはれば」とあるから、作中主体としてはすでに他の道を歩いていて、そこからあらためて石手寺へ足をのばしたのだろう。はじめから寺を目指したのではなく、ぶらりと歩いている内に少し遠くへ足をのばしたということで、なんともたっぷりとした時間の流れを感じさせてくれる句だ。また、春の日が暮れてゆくというのも効果的で、例えばこれが「秋の日暮れたり」だと、のんびりとするよりむしろ悲壮感が漂う。

この句を作った明治二十八年に子規は従軍記者として中国に渡り、病状を悪化させている。様々な面でこの年の子規は切迫した状況にあった。そんな中で作られたこの句を読むと、子規の故郷はいつも彼を支えていたのだと思う。原句は「石手寺へまはれば春の日暮れたり」。季語「春の暮」(春)。

渡部光一郎

一桶《ひとおけ》の藍《あい》流《なが》しけり春《はる》の川《かわ》

染料である藍が「流れけり」ではなく、「流しけり」としている。人物を中心に描くことにより、澄んだ春の川の水に藍が流れてゆく色合いの美しさだけではなく、人物の立居振舞いや生活感がぐっと浮彫りにされた。春の川の速度、そして少し温んだ水の様子が伺える。

しかしなんともまあこの「藍」という言葉の持つ奥深さ、インパクトというのは想像以上だった。読めば読むほど、くっきりと浮かんでくるではないか。「一桶」も効いている。さて現代ではせっかくきれいにした川に、色のついたものを流したりしようものなら「環境破壊だ！」なんてお叱りをうけそうだが、この時代ならではのホンワカした光景がさらっとよまれている。タッチの鮮やかな水彩画のよう。明治二十八年作。原句は「一桶の藍流しけり春の川」。季語「春の川」(春)。

冨永酒洛

故郷《ふるさと》はいとこの多《おお》し桃《もも》の花《はな》

松山

久し振りに帰郷した折に親戚の人達が集って会を開いてくれたのであろう。その中にあって子規は、従兄弟の多さに改めて気付いたのだ。彼等には子供達が居りその連中も参加してにぎわったのではあるまいか。窓からは桃の花が見え、日差の中に祝福するように咲き満ちているのだ。取り合せの句であるが「桃の花」が効いている。華やぎ、明るさといった印象をそれは与えてくれる。

明治二十八年の作である。子規の日清戦争従軍の年にあたる。東京から呉の港に向かう途中の三月中旬頃、松山に二日ほど帰省している。その時に詠んだ句であろうか。それにしても掲句の伸びやかな明るさはどうだろう。子規は生涯の嬉しかったことの一つに従軍が決まったことを挙げているが、その気分の反映かもしれない。だがこの明るさは、子規のその後を知る者にとっては、いささか眩し過ぎるとも見えるのである。明治二十八年作。原句は「故郷はいとこの多し桃の花」。季語「桃の花」(春)。

重松　隆

子規と東京〔根岸〕　武井康隆

子規が終生の地となる上根岸八十二番地〔現在の東京・台東区根岸二丁目五の十一〕に移ったのは、明治二十七年の二月一日である。前田家の屋敷の西の一角で、日本新聞社の社長、陸羯南の家の東隣の、敷地約五十五坪、建坪二十四坪、家賃は六円五十銭の家であった。その辺り一帯を昔は狸横町といっていたのだが、その頃は鶯横町というようになっていた。「……鶯横町はくねり曲がりて殊に分かりにくき処なるに尋ね迷ひて空しく帰る俗客もあるべしかし。」（『墨汁一滴』）と子規も書いたように、現代でもＪＲ鶯谷駅から子規庵までの道はくねくねとしていて分かりにくい。子規庵の概要は、河東碧梧桐の描いた子規庵平面図が当時の事情をよく伝えている。それは、御飯とおかずを詰めたアルミの弁当箱みたいな、きっちりとした長方形の家屋敷である。

根岸を詠んだ子規の句は多い。その中の幾つかを拾い出してみよう。

鶯よ名所の声は何となく　　根岸にて梅なき宿と尋ね来よ

加賀様を大屋に持つて梅の花　　妻よりも妾の多し夕涼み

ありく程の庭は持ちけりけふの月　　汽車過ぐるあとを根岸の夜ぞ長き

名物の蚊の長いきや神無月

獣の鼾聞こゆる朝寒み

当時の子規庵からは上野公園が見えたそうである。その子規庵の近くに、子規を慕って同郷の人々が移り住んだ。前田家をはさんで東に河東碧梧桐。南に、石を投げれば届きそうな所に、寒川鼠骨が住んだ。鼠骨は子規の看病の最も上手だといわれた人である。戦後、子規庵の再建に尽力した。高浜虚子も、歩いて数分の日暮里村元金一三七に住んだ。

私は青春時代の六年間を東京で過ごした。田舎者意識はなかった。東京はもともと田舎者の町である。ことば訛りを笑われたこともない。むしろ、東京の連中は故郷のあることを羨ましがった。私は、「世の人は四国猿とぞ笑ふなる四国の猿の子猿ぞわれは」と詠んだ正岡子規といふ人に馴染めなかった。しかし、子規がこの歌を「日本」に発表したのは、明治三十一年八月である。すでに二月から『歌詠みに與ふる書』の連載を始め短歌革新に着手していた。となると「世の人」とは、あの古今集の時代の王朝貴族の、紀貫之等の人々ではないのか。そして明治三十三年の一月に伊藤左千夫が、三月に長塚節が加わり「牛飼が歌よむ時に世のなかの新しき歌大いにおこる」と左千夫は詠んだ。実際に左千夫は牛乳搾取業をしていたのだが、「牛飼」の象徴するものが分かってくる。「貫之は下手な歌よみにて『古今集』はくだらぬ集に有之候」はいつ聞いても、痛快な言葉である。

須磨

六月《ろくがつ》を奇麗《きれい》な風《かぜ》の吹《ふ》くことよ

夏井いつき

この句には具体的映像が一切無い。あるのは「六月」という季節を吹き渡る「奇麗な風」の感触だけだ。例えば助詞一字を変えて「六月の奇麗な風の〜」とすると、一句の魅力はたちどころに削がれる。「を」という助詞は、憂鬱かつ美しい季節「六月」の時空を一気に立ち上がらせ、読み手の体験に息づくありとあらゆる瑞々しい「六月」の光景を、各々の五感に甦らせる。一人一人が持つ「六月」のシーンに「奇麗な風」が吹き通った瞬間、人々は「吹くことよ」というつぶやきを、自らの肉体感覚として共有することになるのだ。

五月二十三日、従軍記者として帰国・上陸した子規は神戸病院に入院。「須磨」という前書きからすると、六月に入って少し病状が落ち着いてからの、ああ生きて日本にいるという感慨もあったかもしれないが、そのような状況を抜きにして味わいたい愛唱の一句である。明治二十八年作。原句は「六月を奇麗な風の吹くことよ」。季語「六月」(夏)。

行列《ぎょうれつ》の葵《あおい》の橋《はし》にかかりけり

葵祭は、祇園祭、時代祭とともに京都の三大祭の一つであり、昔は祭といえばこの葵祭を指した。行列は平安貴族そのままの装束で、御所車、勅使、牛馬にも葵の葉を飾り、御所から下鴨神社、上加茂神社へと向かう。一㎞に及ぶ葵祭の行列が、下鴨神社の手前の葵橋に今まさにさしかかろうとしている。先頭を行く騎馬隊である乗尻に、見物の人々の視線が集まる。その瞬間を簡単な言葉で見事に切り取った句といえるだろう。

この句を作ったとされる年の五月、子規は金州からの帰国途中の船で喀血し重体となる。そのまま神戸で療養したが、京都に行ける状態ではない。子規の中で葵祭の記憶は、いつでも自らの体験として新鮮なままなのであろう。他にも「子を抱いて葵祭の道の端」（明治三十一年）「地に落し葵踏み行く祭哉」（明治三十三年）などがある。明治二十八年作。原句は「行列の葵の橋にかゝりけり」。季語「葵祭」（夏）。

佐藤文香

湖《みずうみ》に足《あし》ぶらさげる涼《すず》みかな

夕方の情景だろうか、湖に設けられた納涼台に座り、足をぶらぶらさせ乍ら湖の景色をのんびりと眺めている様子が伺える。それは一人ではない、親しい友人とだ。「ぶらさげる」という一見無邪気そうな言葉には、日常の煩わしさから解放されたすがすがしさ、嬉しさが溢れ出ている。平明な詠みっぷりがその感を一層強くする。真っ平らな湖には静けさがあり、吹き来る風が心地よい。正に至福のひと時なのである。

子規は日清戦争に従軍記者として赴くのだが、帰国途中に喀血し、神戸病院(二ヶ月)そして須磨保養院(一ヶ月)で療養生活を送っている。その後退院して松山へ帰るのだが、この頃が子規にとって心身共に一番充実していた時ではないだろうか。この句、「湖」とあるが、高浜海水浴場にも出掛けている事から瀬戸の海ではないだろうか。夕凪の海は大きな湖にも見て取れる。明治二十八年作。原句は「湖に足ぶらさげる涼みかな」。季語「涼み」(夏)。

東　英幸

東海道《とうかいどう》若葉《わかば》の雨《あめ》となりにけり

寺村通信

初夏の樹木のみずみずしい新葉が若葉。青葉というと若葉よりも夏が闌けた感じがする。どのあたりかは分からないが、東海道という広がりのある地域に降る雨。その雨に濡れた若葉の美しい光沢。言葉が伸びやかで嫌味がなく広々とした気持ちになる。

子規は、俳句を真率体、即興体、即景体、音調体、擬人体、広大体、雄壮体、勁抜体、雅樸体、艶麗体、繊細体、滑稽体、奇警体、妖怪体、祝賀体、悲傷体、流暢体、詰屈体、天然体、人事体、客観体、絵画体、神韻体の二十四体に分類した。明治二十九年一月二十日の「日本」で、「広大体」の例句にこの句をあげ、「広大体は空間の広き句なり。千里万里といふも広大なれども、千里万里といひし許りにてなかなかに広大の感なくば下手の句なるべし。一町二町のところも言ひ様によりて広大に感ぜぬことかは」と解説した。明治二十八年作。原句は「東海道若葉の雨となりにけり」。季語「若葉雨」(夏)。

柿《かき》の花《はな》土塀《どべい》の上《うえ》にこぼれけり

柿は熟すと朱色がよく目立つ。日本の秋を代表する果物だが、黄緑色で雌雄異株の目立たない花をつける。その大部分は自然落花するが、そのことを「ジューンドロップ」という。この句は柿の花が土塀の上にこぼれているという何気ない風景の写生だが、それだけに嫌味のない句である。

明治二十八年、子規は新聞記者として日清戦争に従軍し、その帰途船中で喀血した。神戸病院、須磨保養院で療養したが、その回復の過程で句の草稿をまとめていったのが「病餘漫吟」である。「病餘漫吟」を見ると、須磨での療養中に作られたと思われるこの句の右肩には「柹の花土塀にこほれ蕗にこほれ」の句が、左側には「柿の花土塀の上にこぼれたり」の句が記録されている。病の中、このような何気ない風景が子規に病からの回復の力を与えたのであろう。明治二十八年作。原句は「柹の花土塀の上にこぼれけり」。季語「柿の花」(夏)。　小西昭夫

感あり

行《ゆ》く秋《あき》の我《われ》に神無《かみな》し仏無《ほとけな》し

秋が終わろうとしている。孤立無援、わたしには頼るものが何もない。素手でいるしかないのだ。「行く秋」の穏やかな調子は突然、「我に神なし」の独語に変わる。更に「仏なし」の強調。これは言わば「序・破・急」の体。わたしたちは再び「行く秋」の茫々とした空気のなかに立ち返っていくことになる。

　中国に日清戦争従軍記者として赴任した子規は、五月十七日、帰路の船中で喀血する。結核は当時不治の病い。人が死ぬのではない、自分がこの世からいなくなるのだ、という事実に直面した二十八歳の子規の感慨の句だ。この自恃は「病気の境涯に処しては、病気を楽しむという事にならなければ生きて居ても何の面白味もない。」と言わしめる程に成長する。その振幅を思うと、わたしにはやり遂げねばならぬことがある、との子規の声が凋落の兆しの見えはじめた秋野から、句から聞えてくる。明治二十八年作。原句は「行く秋の我に神無し佛無し」。季語「行く秋」（秋）。

松本秀一

法隆寺の茶店に憩ひて

柿《かき》くへば鐘《かね》が鳴《な》るなり法隆寺《ほうりゅうじ》

法隆寺の近くの茶店に腰掛けて柿を食べている。そこに法隆寺の銅鐘がゴーンと鳴った。「柿くへば」に、柿好きの作者の顔がほころんでいることが分かる。広がるのは、口中の柿の味覚と、静かな奈良の町に鳴り響く鐘の音だけ。

神戸の病院を出て、松山などから奈良に立ち寄った。子規はすでに腰の病がおこり始めた時。随筆「くだもの」の御所柿を食いし事には、奈良に入ると柿が盛りで柿の林が見えてなんともいえない趣と書いている。また、宿屋の下女の柿を剥く様子にうっとりとして、梅の妖精でもあるまいかとも書いている。そんな時、午後八時頃の東大寺の釣鐘が鳴った。

子規は下女を想い、一層に柿が旨かったに違いない。そして私は「カネガナルナリ」って首を左右に振りリズムをとると軽快な鐘音が聞こえてきて楽しい気分になった。明治二十八年作。原句は「柿くへば鐘がなるなり法隆寺」。季語「柿」(秋)。

渡部ひとみ

草《くさ》の花《はな》少《すこ》しありけば道後《どうご》なり

「草の花」は、名ある草の花も名のない野草の花もこめて言う。「少しありけば」は「少し歩（あり）けば」であり、「少し歩いて行くと、そこは道後であった」の意である。この句には、切れ字はないが「道後」と固有名詞を下五に置くことによって「草の花」のところで切れが強調されて、俳句の簡潔さを感じさせる。

この句は、子規が漱石の愚陀仏庵に寄宿していた明治二十八年九月二十日に極堂を催して道後方面を散策した時の句である。清国からの帰路大喀血をした子規にとって始めての吟行は、楽しいものであったにちがいない。同日「杖によりて町を出づれば稲の花」がある。これらの句は、「散策集」に収められている。子規にとっては、この愚陀仏庵での五十日余りの滞在が最後の松山となった。明治二十八年作。原句は「草の花少しありけば道後なり」。季語「草の花」(秋)。

佐伯のぶこ

子規と友人

谷さやン

正岡子規の青春時代の随筆「筆まかせ」（明治十七年二月〜二十五年）に『人物評論』と題して次のようなくだりがある。「余殊に人物を評論することを好み郷里の人物を評せしこともあり　又同級生が互に評せしこともありき　しかも余は評論に於いて人をほめるよりも寧ろ人をそしることを好む者也　人にほめらるゝよりは寧ろ人にそしらるゝことを好む者也（中略）其評をして適中せしめざらんと企つるに於ては豈利益少なからんや…」。

そしり、そしられることに仲間同士の利益向上があるとした子規は、「学校にゐる時にひまつぶしの戯れにて」「これも三人許りよりてい〻加減にきめしものなり」「随分に不平も多く役不足を稱へし人も少からず中にはげに気の毒なりと思ふ人もなきにあらねど」と、顔を合わせると学校や寄宿舎で批評し合うことを楽しんだ。

寄宿舎で洒落が流行れば『洒落之番附』と題して「常磐の洒落男六人鏡」と番付表を作る。番付の発起人である子規は、自分を西之方の小結に位置づけている。得意の野球のこととなると『舎生弄球番附及び評判記』と、番付表を添えて解説も詳しく述べる。「久松ぎみは御手つきいとなまめきて　物なれたる風情也　御上達遠きにあらざるべし」と松山藩主の子息をもちあげながら、東之方の前頭に。同郷の仲間新海非風へは「新海氏ハ不熱

心なると　ボールを恐れらるゝとにて上達し給はず」と苛立ちをストレートに出して、西之方前頭の最後尾に置く。また戒田秀澄という友人には、みんなより秀でているが、競漕に熱心なために芸を落としていると指摘し、同じく前頭。痛いところを衝かれて、友人のふてくされる顔が眼に浮かぶ。

しかしこうした名指しの忌憚のない批評だからこそ適中すれば、お互いの関係を活性化させているのだと気づく。個性的な人の集まりと言うより、批評しあったり番付をしたり役者に例えたりすることで、個性がもたらされていくような気もする。子規は、『交際』と題した項で友人ひとりひとりを「愛友」「益友」「剛友」「畏友」と当てはめていく。こんなふうに私も、自分を囲む友人の顔を改めて思い浮かべていくと、自分自身の存在意義もどこかにありそうな気がしてきて、うつむきがちな日々がにわかに「まんざらでもない」と、思えてきそうだ。

子規は生涯良き友人を求め続けた。起きあがれなくなれば「何人にても話のある人は来訪ありたり…学術と実際とにかかはらず各種専門上の談話などもつとも聞きたしと思ふところなり」。集まって来ればまた、渾名を付ける。漱石は「柿」で「ウマミ沢山マダ渋ノヌケヌノモマジレリ」。虚子は「さつまいも」。「甘み十分ナリ屁を慎ムベシ」と、賞賛には必ずいやみの一言も添えて。それが子規の友人とのかかわりの流儀。それでも、いやそれだからこそ愛すべき子規、愛される子規であったと思う。

牛部屋《うしべや》に露草《つゆくさ》咲きぬ牛《うし》の留守《るす》

「牛部屋」は牛小屋のこと。牛小屋の中に露草が咲いているというが、これは普通ではあり得ないことである。ではなぜ、と思いながら最後まで読むと、牛部屋の主である牛がいないから、という回答が用意されている。牛小屋ではなく牛部屋とすることで、牛の留守という擬人化が生きている。

明治二十八年、子規は従軍記者として清国に赴き、五月帰国の途中、持病の結核が悪化し、八月療養のため松山に帰省した。松山では、松山中学校教員であった漱石の下宿「愚陀仏庵《ぐだぶつあん》」に寄寓し、松山在住の俳人たち（松風会）の指導にあたった。帰省当初は愚陀仏庵に松山の俳人たちが集まってきて句会三昧の日々を送っていた。体調が少しよくなると、吟行にも出かけていたようである。明治二十八年作。原句は「牛部屋に露草咲きぬ牛の留守」。季語「露草」（秋）。

相原しゅん

松山《まつやま》の城《しろ》を載《の》せたり稲筵《いなむしろ》

神野祥子

「稲筵」とは「稲田の遠く連なっているさま」。高く澄み渡る秋天の下、初めに松山の城が映像化される。次にその城をはるか遠景の中心に載せ、手前には豊かな穂波の稲田が黄金色に輝く。垂直の重厚な構図から、広々とした水平の構図への展開が鮮やかだ。十五万石の城の歴史を支えてきた稲田の景は、光に満ちた一幅の絵画の趣を持つ。また、「城」「筵」という組み合わせがリズムを整え、どこか俳味も漂わせている。

子規が漱石の「愚陀仏庵」に同居していた時の句。この間に子規は松山周辺五地区を吟行している。漱石の「一里行けば一里吹くなり稲の風」の句は、子規と同じ風景を共有してのものだろうか。以後、東京の根岸に居を移し、再び松山を訪れることのなかった子規にとって、この句は大いなる故郷賛歌の代表句の一つだったのではないかと思う。明治二十八年作。原句は「松山の城を載せたり稲筵」。季語「稲筵」（秋）。

漱石虚子来る

漱石《そうせき》が来《き》て虚子《きょし》が来《き》て大三十日《おおみそか》

「漱石と虚子が」ではなく「漱石が來て」「虚子が來て」である。まず、この畳みかけてくる口語調のリズムが、来訪の様相と作者の思いを伝える。次に、重厚な語感を持った「大三十日」がそれまでの語勢を受け止め、確然たる句調を醸し出す。それと同時に、作者を含めた交友の場面が具体性を帯びて目の前に広がってくる。「大三十日」は行く年を振り返り来る年に思いを馳せる特別な日。その日に集う人々。その関係がいかに密であったかは容易に想像することができよう。なお、この頃の漱石や虚子はそれほど有名ではない。

ところで、子規を含めた三人が同時に集うのは極めて稀であった（高濱虚子著『子規句解』）。また、同日の句には「語りけり大つごもりの來ぬところ」がある。それらのことを掲句に重ね合わせて読むと、二人の来訪がどれほど子規を喜ばせたかその一端を窺い知ることができる。明治二十八年作。原句は「漱石が來て虚子が來て大三十日」。季語「大晦日」（冬）。

なかにし　まこと

煤《すす》払《はき》や神《かみ》も仏《ほとけ》も草《くさ》の上《うえ》

子規自身が歩いて目にした東京下町の風景であろうか。年末の煤払いの状景が目に浮かぶ。新たな年を迎える為の庶民生活が、活き活きと描かれているが、神棚や仏壇の隅々まで掃除をするために御神体や仏像、お位牌などが外に出されて草の上に置かれている。

写生句ではあるが子規特有の諧謔的ユーモアの含蓄された俳句であり、また多分に風刺的でもあるだろう。写生唱導者の子規にとっては、神も仏も区別は無い。だが置かれている場所が土の上ではなく、冬萌の草の上というところに、神や仏に構うことが出来ない程忙しく立ちふるまう家人の中に、神仏への敬虔な感情を感じ取ったのであろう。煤拂《すすはき》は煤払《すすはら》いと同義、年末の大掃除の事。明治二十八年作。原句は「煤拂や神も佛も草の上」。季語「煤払」(冬)。

熊本妙子

三十而立と古の人もいはれけん

今年《ことし》はと思《おも》ふことなきにしもあらず

新年の決意の句である。具体性に乏しいこの句を印象的にしているのが「なきにしもあらず」という思わせぶりな表現である。この二重否定は「ある」という単純な肯定よりも強い意志を示すだけでなく、その意志に曰くありげな情感をも含ませている。またこの句においては詞書が重要な役割を担っている。「今年はと思ふこと」が一世一代の事業であることなど、子規を知らずとも詞書から立ち上がってくる人物像から凡その見当が付く。

この句の詞書は「論語」の「三十而立（三十にして立つ）」からきている。子規はこの年の九月に数えで三十歳を迎えようとしていた。俳句革新に更なる意欲を燃やしていた頃だろう。この句のような、並々ならぬ決意をもって送った一年だったが、病状は芳しくなく、この年の末には寝たきりの状態になってしまう。明治二十九年作。原句は「今年はと思ふことなきにしもあらず」。季語「今年（元旦）」（新年）。

長谷部さやか

春風《はるかぜ》にこぼれて赤《あか》し歯磨粉《はみがきこ》

待望の春を迎えた。折から開け放った窓から心地よい春風が吹いてきた。風は歯ブラシから歯磨き粉を舞い上がらせた。その色は赤かったのだが、赤という色が生命の躍動感を表し、何気ない日常の風景を表現した句を見事に息づかせている。また、この一瞬のシャッターチャンスを逃さない、情景を巧みにとらえた句こそ、子規が唱えた写生というものなのだろう。

この年、子規は数えで三十歳。左腰が腫れ、床に臥せる日が多くなり、カリエスと診断され、手術を受けた年である。特に二月からは左の腰の痛みもひどくなり、身動きも容易にできなくなっていた。そんな健康状態の中で出来上がった句とは感じさせない。病気と客観的に対峙し、命をかけて俳句と向きあっている子規の姿が目に浮かぶようである。明治二十九年作。原句は「春風にこぼれて赤し齒磨粉」。季語「春風」(春)。

内《うち》のチョマが隣《となり》のタマを待《ま》つ夜《よ》かな

「チョマ」とは猫を指す方言であるが、そのチョマの所在は不定である。縁側で腰を下ろしていたかと思えば、庭の裏手から声がして、または病床に伏した子規の腹のあたりに丸まることもあったであろう。子規の目線の高さを行ったり来たりしながら、とにかくそわそわして、切ないあの声を上げるのである。ただ、「待つ」とあるので声は呟きのように控え目だろうか。その分いっそう切なげであることは間違いない。

この句の着眼は、「タマを待つ」という恋猫の行動に、あたかも人間から醸し出されるような奥ゆかしさを投影した点にある。チョマの奥ゆかしさが飼い主に似たせいなのか、それとも明治生まれの気質のせいなのか。「猫の恋」をここまで情緒豊かに詠んだ句は珍しい。子規が猫を飼ったという記録はないが、それを飼い猫のように受け入れていた無口な様が朗らかである。明治二十九年作。原句は「内のチョマが隣のタマを待つ夜かな」。季語「猫の恋」(春)。

森川大和

百日紅《さるすべり》咲《さ》くや小村《こむら》の駄菓子店《だがしてん》

百日紅はさるでもすべりそうなつるつるとした幹の様子からその名がある。百日紅という漢字が当てられているように、七月初めから九月末日まで咲き続け、花期の長い花として知られる。袋菓子の全盛で急速に姿を消してしまった駄菓子店だが、明治のこの時代は子供たちの楽しみとして賑わっていたに違いない。ガラスケースの醤油煎餅、壜の中で楽しそうにざわめく金平糖、ところてんありますと書かれた手書きの札…駄菓子店という語からはわくわくした気分が伝わってくる。

句が作られたのは明治二十九年、カリエスと診断された年。前年子規は愚陀仏庵で漱石と共同生活を送り、郷里の友と濃密な親交の時を過ごした。小村とは或いは友に会いに訪れた近郷の村の事であろうか。句の持つ底抜けの明るさにはここではないどこか、今ではないいつかに向けられた子規の痛いほどの郷愁と憧憬が感じられる。明治二十九年作。原句は「百日紅咲くや小村の駄菓子店」。季語「百日紅」（夏）。

渡邊桂子

子規と新聞

小西昭夫

子規はいくつもの回覧雑誌を作ったが、現在残っている最も古いものが明治十二年四月から五月にかけて作られた「桜亭雑誌」である。これは半紙を四つ折りにし、毛筆で書いて綴じたものである。近所の子供たちに記事を集めさせ、記事の取捨選択は子規が行った。自宅を〈雷雲舎〉と称し、桜亭仙人を名乗り、子規は社長・編集長・書記長のすべてを兼ねた。「桜亭雑誌」の内容は作文・漢詩・雑報・書画・謎・投書などであり、当時の新聞雑誌を真似たものであった。

子規は、その後も「松山雑誌」「弁論雑誌」等の回覧雑誌を発行するが、明治十五年に上京した三並良に愛媛の海南新聞を送り、その代わりに東京横浜毎日新聞を送ってもらうなど「新聞」という当時の最先端のメディアに強い関心を持っていた。そのことを思えば、明治二十二年、突然喀血した子規がやがて大学を中退し日本新聞社に入社したこともそれほど不思議なことではない。

それはともかく、子規の仕事の大部分はこの新聞「日本」を舞台に行われた。「獺祭書屋俳話」も「俳諧大要」も「歌よみに与ふる書」も「墨汁一滴」も「病床六尺」も「日本」に連載された。それは、つまり俳句革新も短歌革新も文章の革新も新聞「日本」を通じて行われたということだ。それを可能にした陸羯南との稀有の出会いはあったが、子規は「新聞」という新しいメディアの力を十分に活用したのである。

正岡常規又ノ名ハ処之助又ノ名ハ升又ノ名ハ子規又ノ名ハ獺祭書屋主人又ノ名ハ竹ノ里人伊予松山ニ生マレ東京根岸ニ住ス父隼太松山藩御馬廻加番タリ卒ス母大原氏ニ養ハル日本新聞社員タリ明治三十□年□月□日歿ス享年三十□月給四十円

子規は明治三十一年七月十三日、河東可全宛の書簡に自らの墓誌銘を同封した。これより一字増えても余計と書いたその墓誌銘には「日本新聞社員タリ」の文字が燦然と輝き、子規の自負を伝えている。

酒《さけ》好《ず》きの昼《ひる》から飲《の》むや百日紅《さるすべり》

じりじりと照りつける日射しは容赦ない。じっとしていても暑い。動くともっと暑い。どうしようとこの暑さから逃れる事は出来ないのだ。時間が陽炎みたいに足踏みする。人影のない路地を野良犬が一匹横切った。百日紅が所在なさそうに日盛りの空を揺れている。酒好きには、暑いこともまた昼から飲む口実となるようだ。

子規は酒をほとんど飲まなかったという。モデルは身近な人物だろうか。戸外の眩しい明るさに対する室内の暗さは、昼から酒を飲むことへの僅かな後ろめたさと重なる。しかし、この句から非難めいたところは感じられない。むしろ百日紅の紅色のみが青空を背景に鮮明に浮かぶ。この句の詠まれた年、子規の病気は脊椎カリエスと診断されている。明治二十九年作。原句は「酒好の晝から飲むや百日紅」季語「百日紅」（夏）。

中居由美

夕風《ゆうかぜ》や白薔薇《しろばら》の花皆動《はなみなうご》く

一陣の風が訪れる。それまで静かな位置を保っていた薔薇が一斉に揺れる。「白薔薇の花」の群が、夕方の薄明かりに包まれた花壇に浮かび上がる。そして、白く大きな花弁が小刻みに震える様は、あでやかながらも寂しい。夕方という時間帯に白薔薇だからこそ、「皆動く」の発見に至るのである。何のてらいもない句であるが、薔薇の「生命」を、あるがままに「写」している佳句と言えよう。

子規はこの年、三十歳（数え年）を迎え、「今年はと思ふことなきにしもあらず」と意気込みを詠んだ。しかし、やがて肺結核による脊椎カリエスのため、歩くことすら困難になる。そして、「春雨のわれまぼろしに近き身ぞ」と絶望感にうちのめされるのである。そう思えば、掲句はまるで子規の魂を黄泉《よみ》の世界へ呼び込んでいるかのようである。明治二十九年作。原句は「夕風や白薔薇の花皆動く」。季語「薔薇」（夏）。

櫛部天思

草茂《くさしげ》みベースボールの道白《みちしろ》し

「草茂み」は夏草が深々と茂っている様子。「ベースボールの道」は野球場の白線のことだろう。炎天下に白く光って見える。強烈な夏の映像である。

この句を読んで、すぐ思い浮かんだのは、帰省した子規が颯爽とベースボールをする姿。東京じこみの短い袴を穿き、腰には手拭ではなく、タオルを挟んでいる。実にカッコイイ。松山の中学生達が憧れの眼差しで見ている。（その中には高浜虚子もいた。）

作句はその七年後、死の五年前。当時を思って書かれたのだろうか。病床の身を思えば、真夏の光線は辛い。が、暗さはない。「写生」の姿に「命の賛歌」を感じる。まだまだ書くのだという子規の気概が伝わって来る。明治二十九年作。原句は「草茂みベースボールの道白し」。季語「草茂る」（夏）。

かたと

砂《すな》の如《ごと》き雲流《くもなが》れ行《ゆ》く朝《あさ》の秋《あき》

秋の朝の透明感のある澄んだ川底を、さらさらと流れ行く砂のように、青空を少しの時間眺めていると、うっすらと張った雲は、風に吹かれ形を変える。色の白さは濃くなり薄くなるなど、流れる砂のように変化をし続けてゆく。爽やかな「朝の秋」の印象も、この朝のすがすがしさを一層強くしている。日常の一時を忘れ、空気の澄み切った青空を眺めているのだろう。

景色を思い浮かべると、とても美しく爽やかな秋の印象を感じる句だが、淋しさが詠まれている句にも思える。「砂」はとても脆く、手から零れる砂を想像した時、儚さや淋しさをさえ思う。子規は、風に吹かれゆく雲の流れに、大きな時間の中にいる自分を思い、遠くにあった死が近いものとなる事を思い詠んだ句ではないだろうかと思う。明治二十九年作。原句は「砂の如き雲流れ行く朝の秋」。季語「朝の秋」(秋)。

渡部まき

即事

枕《まくら》にす俳句分類《はいくぶんるい》の秋《あき》の集《しゅう》

枕に頭を乗せ、寝ている人、その人が枕にしているのは、何と俳句分類の秋の集ではないか。ずっしりとした秋の集を枕にしながら思うのは、やはり俳句のことだろう。その向こうには秋の空が見えるようである。何かの本を枕にして寝ている姿というのは、よく見る光景ではあるだろう。しかし、枕にしているのが俳句分類の秋の集というところに、俳句への思いと日常が見え隠れしている一句である。

明治二十九年、子規の腰痛はひどくなり、カリエスと判明する。寝たきりの日々が続いたことだろう。そんな中でも子規は、自らの編纂した『俳句分類』に目をやりながら、毎日俳句のことを考えていたに違いない。俳句分類とは、俳句を四季別・季題以外・俳句の表現法・句調により、甲乙丙丁に分け分類してあるものである。子規は十二万もの句が分類された六十六冊のノートを残している。明治二十九年作。原句は「枕にす俳句分類の秋の集」。季語「秋」（秋）。　福田香奈

病中

小夜時雨《さよしぐれ》上野《うえの》を虚子《きょし》の来《き》つつあらん

今頃虚子は、もう上野を越えてこの根岸へ向かっている。この冷たい時雨の中を、確かに来てくれている。待つのは後わずかだ。虚子の現在地を「上野」と設定し、そこを「来つつあらん」と言明する。虚子の足音までもが聞こえてきそうな一句である。

子規は『松蘿玉液』で、自分の病中を見舞う者の中、特に虚子と碧梧桐にふれ、「中にも碧虚二子は常に枕をはなれず看護ねもごろなり。去年と言ひこたびと言ひ二子の恩を受くること多し。吾が命二人の手に繋がりて存するものゝ如し。」と記している。子規の住む根岸庵を少し行けば上野の森は見えている。子規の虚子到来を待つ心は潔い。明治二十九年作。原句は「小夜時雨上野を虚子の來つゝあらん」。季語「時雨」(冬)。

田村七重

いくたびも雪《ゆき》の深《ふか》さを尋《たず》ねけり

雪の積った様子を、何度も尋ね続ける。雪は長時間降り続いているのだ。何かの事情で動くことが出来ない作者は、どのくらい雪が降り積もっているのか知ることが出来ない。誰かに聞く以外、方法がないのだ。そういった、もどかしさや無邪気さを、「いくたびも」によって窺うことが出来る。そして、「尋ねけり」と畳みこまれた下五には、問い続けることに執着せざるをえない作者の感慨が強調されている。このシンプルに描かれた日常のひとこまは、どこかうら哀しい。

ところで、この頃の子規の病状にはまだ余裕があったが、尋ねている相手が妹の「律」であるのなら、共に生活する「律」には、無邪気さを越えて子規の辛さや哀しさが感じられたかもしれない。子規によって切り取られたこの日常の些事は、本人が意識するしないに関わらず、子規の「深層」が発したメッセージである。明治二十九年作。原句は「いくたびも雪の深さを尋ねけり」。季語「雪」(冬)。

岡本亜蘇

雪《ゆき》の家《いえ》に寝《ね》て居《お》ると思《おも》ふ許《ばか》りにて

「雪の家に寝て居る」だれかを思い浮べているとも解釈出来るが、ここでは「雪の家」は子規庵であり「寝て居る」のも「思ふ」のも子規自身である。「思ふ許りにて」は子規自身の近況を知人へ伝える手紙文のようでもある。雪の家に寝て居る姿を家ごと俯瞰的にとらえているため、はっきりとした景が伝わってくる。

この年より病床での長い闘病が始まるのである。歩行の自由を欠く病症はまず体で次に心でなじんでゆく。子規の体は病床に横たわっているのだが「思ふ」より作句の目の位置が体の目の位置に即していないことが理解出来る。また、家の大きさにまで拡大した子規の思いが雪に接しているとも思える。等身大の体に即して作句の目の位置を定める過程がうかがわれる一句である。明治二十九年作。原句は「雪の家に寐て居ると思ふ許りにて」。季語「雪」（冬）。

高橋白道

子規と絵

描かれた顔　「子規像」と「自画像」

松本秀一

子規記念博物館に行くと売店に、実に若々しい子規の横顔の絵はがきが売られている。病む前の子規だろうか。頭のかたち、目もと、口もと、いずれも晩年の子規の横顔の写真を彷彿させる。しかし、なんと精悍な顔だろう。この印象は他の子規の写真や「子規自画像」とは違っている。はがきの裏には「子規像」、浅井忠との記載がある。

浅井忠の画業はもっと評価されるべきだ、とわたしは思っているのだが、子規に中村不折を紹介したり、草花の絵を贈ったりした洋画家である。子規のために大鳥籠を某家から借りる手はずを整えたりもしている。渡仏する前、子規と同じ上根岸の住人だった。

「仰臥漫録」に、「巴里《パリ》浅井氏より上の如き手紙来る」とあり絵と文が載っている。

ほとゝきす着

昨日虚子君の消息を読み泣きました　この画はグレーといふ田舎の景色なり　御病床の御慰みまで差上候

木魚生

浅井忠の「子規像」……画家は十一歳下の子規を、病気の痕跡を消し去って描いたのではないだろうか。子規の死の二十日前、彼は子規を訪ね「子規居士丹青図」を残している。

一方、子規には下絵を含め三枚の「自画像」がある。子規、三十二歳頃。下絵の黒く塗られた眉、鼻の穴。瞳の輪郭、左耳から肩の線、脊椎カリエスによる歪み、そこから斜めに二つの無雑作な着物の皺。画面左下の穂先の運びを試しているような筆跡。

この下絵と比べると子規記念博物館蔵の「自画像」は随分と整って見える。下絵では子規の目が子規の顔を画いていた。本画になると子規の目と手が顔を画いている。眼差が変ってくる。斜めの口もとも直されてくる。じっくり見ていると、両眼の画き方の違いが左肩のカリエスの肩に呼応しているのが解ってくる。子規の絵はやっぱり巧い処がある。

「自画像」はB４サイズ位なものである。しかし、臥す身では紙全体に画くには手が届かなかったのだろうか。夏目漱石の名文「子規の絵」の文章をなぞれば、ただ画面のほぼ上半分をしめる余白が如何《いか》にも淋しい。出来得るならば、讃とまではいかずとも、せめて月日とかの文字を配して欲しかった。――そういう思いが残る。

漱石は絵に関しても鋭い批評眼をもっていた。後年こういう事を言っている。

素人離れしたさうして墨人染みないものが一番いい。

わらんべの犬《いぬ》抱《だ》いて行《ゆ》く枯野《かれの》かな

「わらんべ」は童、子供である。子供はすぐ犬を抱きたがる。家で飼っている犬なのか、枯野で見つけた子犬なのか……警戒心の少ない子供の無邪気さが、句から伝わってくる。枯野の中に見え隠れする子供達の賑やかな声まで聞こえてきそうな句である。わらんべという音の響きもあたたかく感じる。「枯野」という静かなイメージが、犬を抱くわらんべを登場させたことによって、童画のような生き生きとしたイメージに変わる。

猫の持つ個の神秘性とは対照的に、犬は古来からいつも人間の傍にいる。だからこそ、この様な句が生まれてくるのだろう。日向のような犬の毛の匂い、降りたがってもがく犬の両足、犬の気持ちに無頓着な子供の笑顔。犬好きの読者なら、私も含めて一度で覚えられる一句だろう。明治二十九年作。原句は「わらんべの犬抱いて行く枯野哉」。季語「枯野」(冬)。

河野けいこ

冴《さ》え返《かえ》る音《おと》や霰《あられ》の十《と》粒程《つぶほど》

三瀬明子

　静けさの中突然聞こえてきたのは、霰の降る音だった。その音を、まさに冴え返る音だと思ったのである。冴え返るとは、春になりいったんゆるんだ寒さがぶり返すこと。本来、肌で感じるはずの季語を、聴覚で捉えたところが面白い。「冴え返る」（春）、「霰」（冬）の季重なりだが、表現したかったのは、霰が降ることで気づかされた「冴え返る」なので、冴え返るが主題になる。また、十粒程という数は、霰がばらばらと降る乾いた音、粒状の形、それが一瞬で降り止んだ状態を簡単に想起させることができ、絶妙である。

　子規は前年に発病したカリエスの状態が悪化、四月に手術を行っている。病床に伏していた子規は、霰を直接見たのではなく、霰の降る音だけを聞いたのだろう。外に出て肌で感じることは出来なかったが、子規は耳でもって、確かに冴え返るを実感したのである。明治三十年作。原句は「冴え返る音や霰の十粒程」。季語「冴え返る」（春）。

春風《はるかぜ》や象《ぞう》引《ひ》いて行《ゆ》く町《まち》の中《なか》　　堀田由美子

この情景が見たままであれば、外国でなく日常の日本でと考えると実に不思議、かつユーモラス。春風という、へたすると平凡な句になりかねない、単純、明快な季語が、このめずらしい情景との出会いに現実味を帯びさせ、また、反対に春風は、非現実味を漂わせる。作者が象を引いているのを見てるのか、または、自身で引いてるのかでは印象が違う。春風はやわらかく暖かい。象の歩調と大きさを思う時、全体に心地よいやさしさが漂う。

取り合わせのおもしろさに魅力があり、どこから来てどこへ、行こうとしてるか等、不思議さも手伝って興味がつきない。次々と思いがふくらみ、象を引いてるのは春風ではないかと思えたりする。明治三十年作。原句は「春風や象引いて行く町の中」。季語「春風」(春)。

野道行《のみちゆ》けばげんげんの束《たば》すててある

野道をゆっくり行くと、前方に、小さな蓮の花に似た草花の束が、自然に落ちたのではなく、意識的に投げ捨てられたのにちがいないと想像させるのに充分なほど、無残な恰好をしていたのが見えた。それはすぐに、げんげんの花束だとわかったが、捨てられてまだ時が経っていないためなのか、げんげん特有の芳香を強く放ち、瑞々しい花弁の色が目に染みた。

私は、この句から反射的に、釋迢空の「葛の花　踏みしだかれて、色あたらし。この山道を行きし人あり」を思い出した。子規は、この年の四月から「日本」に『俳人蕪村』を連載し始める。蕪村の「愁ひつゝ岡にのぼれば花いばら」を思い出させるが、蕪村より近代人の子規は、可憐でひなびた「げんげんの花」のもたらす感傷と郷愁に、蕪村ほどには流されない。明治三十年作。原句は「野道行けばげん〳〵の束すてゝある」。季語「げんげん」(春)。

武井康隆

念仏《ねんぶつ》や蚊《か》にさされたる足《あし》の裏《うら》

「念仏や」という、初句の、重々しい設定に対して、二句・結句の、「蚊にさされたる足の裏」が、滑稽味のある諧謔性に富んだ付け合せになり、何ともおかしく、ユーモアのある状況を感じさせる。また「念仏や」の「や」の切れ字の効果によって、より強調されたことも、指摘されてしかるべきである。句のリズムの流れからも、「や」でいったん堰とめられて、後半部分に勢いを渡すという構成上の配慮もなされていると考えるべきだ。

掲句のような、スケッチ風の、何気ない作風のものが、この年を挟んでしきりに試されている。それは又、この頃さかんに取り込まれた、古句の発想や表現を意識した所以であろうと思われる。現代から見ると当たり前過ぎたり、平凡に堕する嫌いをまぬかれないにしても、時代背景を考慮してみる時、そのユーモアや滑稽味は充分意味を持ったであろう。明治三十年作。原句は「念佛や蚊にさゝれたる足の裏」。季語「蚊」(夏)。

渡部可奈子

送漱石

秋《あき》の雨《あめ》荷物《にもつ》ぬらすな風邪《かぜ》引《ひ》くな

秋の雨がそぼ降る中、去りゆく友に「荷物ぬらすな風引くな」と、たたみかけ、語る様は「な」二つに、漱石への深い想いが読み取れる。子規としては、子供のように、また恋人が思うように、この雨は〝遣らずの雨〟であってほしかったのではないだろうか。

不覚にも、この句に初めて出会った時に、涙してしまった。年齢はかなり下だが心を許して信頼を寄せていた友人が、東京へ移り住むことになったのである。その知らせを聞いた直後、この句に出会ってしまったものだから、何やら自分でもよく分からない感情があふれ号泣してしまった。「甘い」といわれるかもしれないが、それはそれで俳句の持つ、また子規の持つ〝何か〟がそうさせたのには間違いない。この時子規は、すでに病状は悪く、病魔と闘っていた中で、無二の友だった漱石にこの句を送ったのである。明治三十年作。原句は「秋の雨荷物ぬらすな風引くな」。季語「秋の雨」(秋)。

冨永酒洛

つりかねといふ柿をもらひて

つり鐘《がね》の蔕《へた》のところが渋《しぶ》かりき

つり鐘という名の柿の蔕のところを食べたら渋かったと掲句は言う。果肉はもはや無い。胃袋に納まっているのである。だが物足りぬ想いが蔕に目を止めさせたのであろう。この場合、蔕のところに行き着くまでに、実を剥いだ皮に残っていた果肉を歯でせせり落とすという段階が考えられてよい。それからおもむろに蔕へと手を延ばしたのではなかったか。案の定それは渋かった。しかし一連の作業を終結させる意義はあったのだ。

いったい子規は食に関して貪婪であったが、とりわけ柿を好んだ。それも渋いぐらいの方が旨いという独得の見解を持っていた。そうであってみれば、蔕の味についても否定評価ではない。むしろ讃嘆しているのだ。掲句は柿をくれた愚庵というひとへのお礼として作られた。一見無雑作な詠み振りだが、行き届いた配慮が感じられる。そこまで食ってくれたかと贈り主も嬉しかったに違いない。明治三十年作。原句は「つり鐘の蔕のところが澁かりき」。季語「つり鐘（柿）」（秋）。　重松　隆

柿《かき》喰《く》ひの俳《はい》句《く》好《この》みしと伝《つた》ふべし
我死にし後は

松本京子

柿喰ひとは、柿が大好きでたくさんよく食べる人のことであろう。そして俳句に夢中になった自分を、後々にも伝えて欲しいという遺言のような句である。柿は日本原産である。西日本では、嫁入りの時、柿の木を植える地方がある。そのせいであろうか、柿好きの人が多い。子規もそれにもれず柿が大好きだった。学生時代に奨学金がはいると、まず肉を食べ、好物の果物を買うのがならわしで、樽柿なら一度に七つか八つが普通だったそうだ。

漱石は子規の柿好きをよく知っていて、小説「三四郎」その冒頭に、一度に十六個の柿を食べても平気だったと紹介している。俳句を心底愛し改革の意気に燃えている自分を、滑稽に柿喰ひと称し、さらりと俳句好みしと言っている。ユーモアを忘れぬ強い精神力に感じ入る。と共に、この子規の願いを漱石が「三四郎」でこたえた、二人の強い友情に心打たれる。明治三十年作。原句は「柹喰ヒの俳句好みしと傳ふべし」。季語「柿」(秋)。

子規と短歌

長谷部さやか

私が子規を知ったのは高校時代のことだ。校舎の裏に、松山の観光名所にもなっている子規堂があり、殆ど裏庭のような感覚で出入りしていた。国語の授業でも俳句の宿題が出されたり、子規についての発表などをやった覚えがある。しかしその頃は、郷土松山のヒーローとしての子規を知るのみであった。

私が俳句を作り始めたのが二十歳の時。それから数年後、短歌にも手を染め、両方を手放さないままに十年近く経とうとしている。私にとって俳句は、襟を正すような緊張を強いられる詩型式である。それに比べると短歌はもっと日常に即した、自然体の詩型式であるように思う。この十年足らずの間、日常詠を沢山詠んだ。丸ごと青春時代だと言える私の二十代を、思い出の写真を残すように短歌にして残してきた。しかし、もし文学史上に子規が存在しなかったら、私は短歌という詩型式を選んだりはしなかっただろう。

子規が本格的に短歌を始めたのは明治十八年、俳句を始めるより二年も前のことである。当時の短歌は、模倣が「本歌取り」という立派な手法とされているように、いかに実体から遠ざかり、類型的に王朝和歌を模倣するかが理想とされていた。子規はこの王朝和歌の志向を排除し、俳句で得た「写生」の手法を取り入れて、短歌をより平易で、口語的な表現に近づけたのである。そして、歌語の持つイメージを削ぎ落とし、言葉を「記号」の次元まで単純化しようとした。つまり子規の行ったこの短歌革新によって、短歌は一部の文人たちの手から解放され、日本語を使うすべての人のものになったのである。

そこで、子規の感心すべき点は、理論だけではなく、一首一首自分で作ってみせたことだ。ただ、私がもしこのような歌を書き残すとしたら、相当な勇気を要する。

科学者が水を分析して見れば一ツのものが二ツとぞなる

白粉と見えたる雪のふじ額空はみどりのびんづらにして

これらを狂歌といってしまえばそれまでだが、これは子規の中で完全に既成の短歌を壊している証拠である。自分が何を歌いたいのかをただ忠実に言葉に写し、なんとか三十一文字に整えている。「これならできる」と私は思う。私だけではなく、日本語を使う全ての人がそう思うのではないだろうか。これらの歌は、今日私たちが詠んでいる日常詠の原点であるように思う。

最後に子規の名誉のために、私の一番好きな歌を挙げたい。

くれなゐの二尺伸びたる薔薇の芽の針やはらかに春雨のふる

椎《しい》の実《み》を拾《ひろ》ひに来《く》るや隣《となり》の子《こ》

風に鳴る木々の梢。秋の冷たい光につやつやと輝く椎の実。敷き詰められた落ち葉が軽やかに踏まれ、椎の実を拾いに来た隣家の子の明るい声が響いてくる。さりげない日常生活を描写した句。「来るや」からは「隣の子」への親しみと、それを迎える心の弾みが伝わってくる。

当時の子規庵のたたずまいは「椎、槻《つき》、榛《はん》、椋などの四丈も五丈もある」樹々が繁り、子規自身が「鶯横町の方から見ると物凄いやうな感じがする」と書き残している。塞のような雰囲気だったのだろうか。前年の病床について間もない頃の句「榎の実散る此頃うとし隣の子」の淋しげな心情の吐露に比べると、この句は、闘病生活を覚悟し、「病牀手記」を記すなど精力的に仕事を始めた心境を反映しているように思える。前向きな子規の生き様が垣間見られるようだ。明治三十年作。原句は「椎の實を拾ひに來るや隣の子」。季語「椎の実」(秋)。　神野祥子

我境涯は

萩《はぎ》咲《さ》いて家賃《やちん》五円《ごえん》の家《いえ》に住《す》む

なかにし　まこと

「萩」は秋の七草。「萩咲いて」と打ち出されることによって、まず、その景が描かれる。しかし、どこに咲いているのかはまだ分からない。次の中七下五によって、古びた家屋や慎ましやかな庭、さらにそこに住んでいる人の姿が次第に浮かび上がってくる。こうして立ち現れてくる情景が「境涯」である。

そこからは、作者の安住の心持ちが感じられる。「萩」の花は可憐。決して華やかとはいえない。「五円」は現在の四～五万円。決して高くはない。それらの似つかわしい響き合いと、一点の萩の色彩がそう感じさせるのであろう。それにしても「家賃五円」は生活臭の漂う言葉だ。

ちなみに、この頃の子規の収入は約三十五円（明治三十年一月の手紙）。「家」は約五十五坪。明治三十年作。原句は「萩咲て家賃五円の家に住む」。季語「萩」（秋）。

碧梧桐天然痘にかかりて入院せるに遣す

寒《さむ》からう痒《かゆ》からう人《ひと》に逢《あ》ひたからう

「かろう」という三度のリフレインが印象的で、一度聞いただけでも暗唱できてしまう明快な口語俳句である。前書きにもある通り、河東碧梧桐が天然痘に苦しんだ際、子規が彼の胸中を思いやるあまりに遣った句であるが、この頃は子規もまた歩行が困難なほどカリエスが悪化していたため、独り静養する碧梧桐の心境が手に取るように分かったのであろう。

さて、天然痘とは潜伏二週間の後、四十度の発熱、解熱と発疹、再度四十度の発熱とともに、発疹が膿疱へ変化する病気である。このウイルスは人以外に宿主となる動物はなく、人から人へ空気感染・接触感染する。つまり、碧梧桐は最初の発熱から治癒に至る約一月、二次感染を避けて治療関係者以外と面会の機会がなかったと考えられる。子規の思いやりは、随分染みたに違いない。明治三十年作。原句は「寒からう痒からう人に逢ひたからう」。季語「寒し」(冬)。　森川大和

フランスの一輪《いちりん》ざしや冬《ふゆ》の薔薇《ばら》

「冬の薔薇」は、その響きだけで美しい。まして、枯れ色のなかに凛と咲く風情は、冬の日差しを吸収し尽くす強ささえも感じさせる。深紅に違いないその一輪が、フランス土産のガラスの一輪挿しに生けられている。勝手にクリスタル・グラスのものを想像してしまったが、案外、吹きガラスのような温かい手触り感のあるものの方がよく似合いそうだ。冬薔薇の細い茎が一層可憐さをつのらせる。

咲き残った最後の一輪を避寒のために手折ったのだろうか。薔薇は病床の枕辺で子規を慰めたことだろう。「花は我が世界にして草花は我が命なり」の言葉のとおり、花に寄せる思いの深さを見る。この瑞々しい一枚の画の前で、息を飲むのである。同時に「一枝は薬の瓶に梅の花」(明治二十六年作)が気に懸かった。薬瓶もフランスの一輪ざしも子規の美意識の高さを窺わせる。明治三十年作。原句は「フランスの一輪ざしや冬の薔薇」。季語「冬の薔薇」(冬)。

森原直子

いもの皮《かわ》のくすぶりて居《お》る火《ひ》鉢《ばち》かな

火鉢の中で「いもの皮」が燻っている。「いもの皮」に注目したことが、ユーモラスで子規らしい。しかし、省略が効いているから、子規の姿を想像することは読み手に委ねられる。火鉢の前で「でんち」に着脹れ、背中をまるめて暖を取っている。あるいは、「いもの皮」を火箸でつつきながら燃して遊んでいる。いずれにしても、ごくありふれた日常の庶民的な光景である。

ところで、火鉢の前の子規はどこか物憂げに思いに耽っているようでもある。「くすぶりて」が、虚無性や哀感を漂わせるからかも知れない。この言葉を採り入れた背景には、子規の内面が作用していることを否定できない。いずれにしても、「学問のさびしさに堪へ炭をつぐ」(山口誓子)の学究的な厳しさと比較して、子規のこの句には、人間的な哀感と温かみが同居している。明治三十年作。原句は「いもの皮のくすぶりて居る火鉢哉」。季語「火鉢」(冬)。

岡本亜蘇

法律《ほうりつ》の議論《ぎろん》はじまる火鉢《ひばち》かな

高橋白道

「法律」は、ここでは政治関係の法律だろう。「議論」なのだから、その是非についての話し合いだ。「はじまる」より「法律」は多くの話題の一つであり、この場所では日常的なものではないと考えられる。「火鉢かな」より、少人数であること、親しい間柄であることなどが理解出来る。法律の議論には火鉢ぐらいの大きさの暖房器具がちょうどいい。

浅井忠の「ランプの影」の挿絵には、子規を含めた十名に二、三人に一つの割で火鉢が四つ置いてある。明治三十年は病床について一年を経た年だ。子規庵に集まる人々と、そこから起こる事柄を題材として写生している。「法律の議論はじまる」は、子規が議論に参加している位置にいないと思える。病床での題材と子規の作句の位置が定っていることが理解出来る一句である。明治三十年作。原句は「法律の議論はじまる火鉢哉」。季語「火鉢」(冬)。

穴多《あなおお》きケットー疵多《きずおお》き火鉢《ひばち》かな

「ケット」は毛布の意。火鉢からはじき出された火の粉で、ケットに多くの穴があいている。煙草による焦げ穴も加わっているのかもしれない。毛布は貴重品である。多少の穴なぞ何のその。火鉢は暖を取るだけでなく、餅を焼いたり、湯を沸かしたり……年代物の火鉢にも多くの疵痕がついている。火鉢に手をかざし、膝にはケット。「穴多き」と「疵多き」という音のたたみかけが、この句を視覚的で印象に残る句にしている。

少し前の時代まで、「火」はいつも私達の身近にあった。かまど、焚火、火鉢、火の文化が生活の中にあり、火と折り合いをつけながら生きてきた。他に「いもの皮くすぶりて居る火鉢かな」という子規の句がある。酸っぱい蜜柑を焼くと甘くなる？と言われ、火鉢にのせていた幼い頃を思い出す。明治三十年作。原句は「穴多きケットー疵多き火鉢哉」。季語は「ケットー（毛布）」「火鉢」（冬）。

河野けいこ

皇太后陛下崩御

もろもろの楽器《がつき》音《おと》なく冬籠《ふゆごも》る

「もろもろの楽器」が使われることなく置かれている様子を思い浮かべる。情感の襞をふるわせるような音色の弦楽器や木管楽器、胸の高鳴りを誘う金管楽器や打楽器も、音を発すことなく、また、楽器を奏でるべき人々の姿も見えない。前書きに「皇太后陛下崩御」と付されているが、「もろもろの楽器」も喪に服して音を発しない。「冬籠る」とは、冬の寒さを避けて家に閉じこもることをいう。冬の静寂と閑散とした光景が広がってくるようである。人も楽器も皇太后の死を悼みモノクロームの世界で冬籠っている。

明治三十年一月十一日、時の皇太后(英照皇太后と追号)が崩御され、廃朝五日の後、二月八日奉葬がなされた。明治三十年作。原句は「もろ〳〵の樂器音なく冬籠る」。季語「冬籠る」(冬)。

脇坂公司

子規と写生文

三好万美

子規の功績として有名なことの一つに、写生文の提唱と普及がある。もし子規が「写生」を提唱しなかったなら、簡潔で誰にでも分かる、現在のような日本語の文章は発達しなかっただろう。子規は「病牀六尺」で写生について次のように述べている。

「日本では昔から写生といふ事を甚だおろそかに見て居つたために、画の発達を妨げ、また文章も歌も総ての事が皆発達しなかったのである。(略)写生といふ事は、天然を映すのであるから、天然の趣味が変化しているだけそれだけ、写生文写生画の趣味も変化し得るのである。写生の作を見ると、ちよつと浅薄のやうに見えても、深く味はへば味はふほど変化が多く趣味が深い。」また子規はこの本で、写生は人に分かるように精密に書かなければならないとも述べている。

明治二十七年勤務していた新聞「日本」の紙上に俳句欄を設けたことから、子規の俳句革新が始まる。そして明治三十三年、それまでの改革の集大成として、「叙事文」という名前で新聞「日本」に写生文をはじめて提唱したのである。さらに、この年の九月には俳誌「ホトトギス」を通じて文章の会「山会」を立ち上げている。子規はこの「山会」で、同郷の後輩である高浜虚子や河東碧梧桐らの写生文を添削しながら指導している。「山会」は当初、決められた題について文章を書くというスタイルだった。これを、何月何日のことを書く、何日から何日までの一週間のことを書くという形式にしたところ、人々が日々の暮らしをありのままに生き生きと書くようになり、写生文における表現が進歩したのである。興味深いのは、写生文を提唱する前年の秋に水彩画を描き始め、この年の冬病室の障子をすべてガラス張りにしていることである。子規はやがては寝たきりとなる自らの運命を予見していたのだろう。これらのことがなければ、「病牀六尺」や「墨汁一滴」「仰臥漫録」の写生文や写生句は生まれなかったと言っていいだろう。子規が病牀から見つめた風景、とりわけ庭の草花は、恰好の題材だった。

「天井を見れば風車五色に輝き、枕辺を見れば瓶中の藤紫にして一尺垂れたり。ガラス戸の外を見れば満庭の新緑雨に濡れて、山吹は黄漸く少なく、牡丹は薄紅の一輪先ず開きたり。やがて絵の具箱を出させて、五色、紫、緑、黄、薄紅、さていずれの色をかくべき。」（「墨汁一滴」明治三四年四月二九日）「糸瓜の花一つ落つ　○茶色の小さな蝶低き鶏頭にとまる　○曇る　○追込籠のジャガタラ雀いつのまにか籠をぬけて糸瓜棚松の枝など飛びめぐるを見つける　○隣家の手風琴聞ゆ　○ジャガタラ雀隣の木に逃げる　家人籠の鉄網を修理す。」（明治三四年、九月九日）子規の目は映画監督のカメラのようだ。天井から枕許、そして庭へと動き、花の落ちた瞬間も見逃さない。対象を愛情込めてじっくり見ていなければできない表現である。皮肉にも不治の病身で寝たきりだったことが、子規の写生に対する感性を研ぎ澄ませていったのである。

病間あり

椅子《いす》を置《お》くや薔薇《そうび》に膝《ひざ》の触《ふ》るる処《ところ》

一読、幻を見た様な印象の残る句である。まず、初句の字余りが一種異様な雰囲気を醸し出している。またこの主語が消された「椅子を置く」というフレーズが、読者に大きな謎を投げかけている。つづいて考える間を与えず、鮮烈なイメージを喚起させる薔薇が出現する。更に人間の肉体の一部分たる膝があらわれ、最後は「触るる処」と、実体があるか無しかの地点で消えていく、何とも不思議な句である。

この頃の子規は、蕪村句集の輪講会を盛んに行っていた。画家であった蕪村の句は、しばしば読者の視覚に強く訴える力を持つが、蕪村好きの子規がそれによく感応したであろうことは考えてもよい。詞書に「病間あり」とあるが、この句は子規が病中に実景とも心象風景ともつかぬ、ある種の魔的な何かを帯びたヴィジョンを得、それを咄嗟に書き留めたものではなかろうか。明治三十一年作。原句は「椅子を置くや薔薇に膝の觸るゝ處」。季語「薔薇」(夏)。

渡部光一郎

夏草《なつくさ》やベースボールの人遠《ひととお》し

眼前に繁茂する夏草、向こうにベースボールをしている人々、その姿が遠くに見える、その声が遠くに聞こえる。

こんなことがありました、この句はそういっているだけ。が、くり返し読んでいると、「遠し」が物理的距離と心理的距離をあわせ持ちながら、芭蕉の「夏草や兵どもが夢の跡」の夏草が喚起する〝存在と不在の対比、どうしようもない生者の喪失感〟とリンクする。日本野球事始めは明治六年、米国から帰朝した鉄道局技師によってもたらされたバットと三個のボール。野球は明治の若者に広く受け入れられた。子規も十九歳から野球に魅せられ、自らチームを結成、キャッチャーとして草にまみれ泥にまみれる。打者・走者等の訳語を案出、誰より先に野球の句を詠み、誰より野球の普及に熱心だったのも、子規。この句を作った頃は、もう足腰がきかなかった。明治三十一年作。原句は「夏草やベースボールの人遠し」。季語「夏草」(夏)。

阿南さくら

午後八時

虫《むし》の声《こえ》二度目《にどめ》の運坐《うんざ》始《はじ》まりぬ

「運坐」とは所謂句会である。この句で注目すべき点は「二度目の運坐」だということだ。興奮ぎみに一度目の運座が終り、二度目は参加者も集中力を増し、気分も乗ってくる頃である。この句はその「二度目の運坐」独特の熱気に満ちた静けさと「虫の声」で構成されている。二度目の運坐が始まったところへ、涼しげな虫の声が聞こえてきたのだろう。

「虫の声」という季語から「個人」を連想するのは私だけだろうか。虫の声は皆と分かち合って聞くものではない。一人ひとりがその時々の感度によって「出会う」ものであるように思う。虫の声に耳を澄ます子規を「坐」から切り離し、二度目の運坐の緊張感が更に「坐」を「個人」に分解していく。明治三十一年作。原句は「虫の聲二度目の運坐始まりぬ」。季語「虫の声」(秋)。　長谷部さやか

螽《いなご》焼《や》く爺《じじ》の話《はなし》や嘘《うそ》だらけ

最近ではイナゴを食べるという話は田舎でもほとんど聞かなくなったが、かつては日常にある風景だった。イナゴは炒って付け焼きにしたり佃煮にして食べられるので秋になるとこぞってイナゴ採りに出掛けた。お年寄りがイナゴを焼き始めるとその香ばしい匂いに釣られて子どもたちがやってくる。お年寄りは、イナゴの話とともに自分の昔の手柄話も子どもたちに話しているのだろうが、どこまでが本当なのだろうか。ふと立ち止まって聞いていても疑わしい。しかし、罪のない好々爺の話には思わず耳を傾けたくなりそうだ。

飯田蛇笏の句にも「螽焼く燠のほこほこと夕間暮」というのがあるが、「螽焼く」の上五が季節感と情景をしっかりと伝えている。食べることに強い関心を示していた子規ゆえにこのシーンは特別な日常風景だったのかもしれない。明治三十一年作。原句は「螽焼く爺の話や嘘だらけ」。季語「螽」(秋)。　西林高婦

この頃《ごろ》の蕣《あさがお》藍《あい》に定《さだ》まりぬ

全体は十七文字であるが句跨りになっていて、この頃の蕣《あさがお》(九文字)と藍に定まりぬ(八文字)に分かれるリズムである。前段の句跨り口語的表現が下五の強い断定表現によってすっきりと収まっている。

子規は病床にあって、庭にある朝顔が毎日どんな色の花を咲かせるかを楽しみにしていたのであろう。紅紫、淡紅、白色と最初は色々な色の花が咲いていたが、いつしか藍の濃い色の朝顔だけになってしまったのである。子規はそのことを残念に思っているのか、それとも喜んでいるのか。藍色だけになってしまったことを「定まりぬ」と結んだことで、子規自身の病状の小康を暗示しているようにも受け取れる。蕣は万葉集にも詠われて、当時は桔梗のことであったらしい。七夕の頃の花として「牽牛花」とも呼ばれる。明治三十一年作。原句は「この頃の蕣藍に定まりぬ」。季語「蕣」(秋)。

熊本妙子

観月会準備

テーブルを庭《にわ》に据《す》ゑたり草《くさ》の花《はな》

渡部ひとみ

テーブルを庭に据えた。その庭には秋の草花が一面に広がっている。テーブルの脚もとに踏まれた、秋の草花が半分折れて少し草の匂いがしてきたりする。月見のために用意したテーブル。秋色の草の花達とテーブルの木の色が清々しくてきれい。

揚句は、陰暦八月十七日観月会に上野元光院に総勢二十人の人が集まった。その準備の時の句。朝から竈には豆や芋が焚かれていて着々と準備がなされていった。栗や初茸、勿論酒も用意された。この時、子規は百句を詠んだ。「精舎」「準備」「始夕」「待月」とそれぞれを締めくくっている。最初から一句ずつ読み進めるとそこで忙しく働く人や、空が日暮れて行く様子が刻々と分る。その内ランプを置き虫の声が聞こえだす。湿った空気の中にテーブルを囲む子規や皆の首の角度はやや上の月へと傾いている。明治三十一年作。原句は「テーブルを庭に据ゑたり草の花」。季語「草の花」(秋)。

芭蕉忌《ばしょうき》や吾《われ》に派《は》もなく伝《でん》もなし

「派」は主義・主張などを同じくすることによってできた集団。「伝」は言い伝え。「芭蕉忌」つまり松尾芭蕉の忌日に「吾に」は「派もなく伝もな」いのだ。これは派や伝に寄り掛からず自ら考えて行動することを意味する。そして、派や伝を重んじるあまり本来の目的を見失い、何も新しいものを生み出さない人々を批判しているのだ。革新が創造の原点であることは歴史が示すとおりである。

子規は「芭蕉雑談」（明治二十六年）で芭蕉の作品を具体的に挙げながら偶像化を批判した。しかし、芭蕉の全てを否定したわけではない。「芭蕉の文学は古《いにしえ》を模倣せしにあらずして自ら発明せしなり」と書き、文学の発明者である芭蕉を称えているのだ。子規は派や伝を革新して独特の境地を切り開いた芭蕉に俳句の本質を見たのだ。明治三十一年作。原句は「芭蕉忌や吾に派もなく傳もなし」。季語「芭蕉忌」（冬）。

岩藤崇弘

雪《ゆき》残《のこ》る頂《いただき》一《ひと》つ国境《くにざかい》

自然と人工の対比が明確な一句。残雪のひかりが、潔癖なまでの清廉さを放っている。早春の風が頬をくすぐり、空はもう光をぼんやりと溜め込み始める頃、国境という目に見えない曖昧なラインは、脈を成している雪の山岳のリアリティの前に、概念の中でしか存在しえない脆さと確かさを露呈する。

このとき、既に病は彼の身体を深く蝕んでおり、外出はおろか、立ち上がることすらままならなかった。当時彼の住んでいた根岸の子規庵からは雪嶺など見えるはずもなく、この句はおそらく彼の心中に息づいている山の写生だ。朝鮮へ従軍した際の大陸の山岳。故郷松山の石鎚山。床で目を閉じて思い出す山の残雪の白は、日がたつごとに輝きを増していったろう。私はその潔白に、死の匂いを感じた。それは同時に、生の輝きでもあるのだけれど。明治三十二年作。原句は「雪残る頂一つ國境」。季語「残雪」（春）。

神野紗希

子規と病気

中居由美

「「病牀六尺」、これが我世界である。しかもこの六尺の病牀が余には広過ぎるのである。僅かに手を延ばして畳に触れる事はあるが、蒲団の外へまで足を延ばして体をくつろぐ事も出来ない。甚だしい時は極端の苦痛に苦しめられて五分の一寸も体の動けない事がある。」（「病牀六尺」）

子規が最初に喀血したのは、明治二十一年、二十一才の時だった。俳号の子規は時鳥のことであり、（啼いて血を吐く時鳥）と言われ、当時、肺病の代名詞であった。子規は、深刻な病気をちゃかして俳号にした。これは、自分の余命に対する覚悟の現れだったのだろう。明治二十五年には、大学をやめて日本新聞社に入社。俳句の革新に着手する。明治二十九年、結核菌が骨を蝕むカリエスと診断され、その後、仰臥の姿勢を余儀なくされるのだ。絶叫したり、号泣したりするような痛みとはいかなるものか、その時、人はどのような精神状態に陥るのか。子規は言う。「笑へ。笑へ。健康なる人は笑へ。病気を知らぬ人は笑へ。幸福なる人は笑へ。達者な両脚を持ちながら車に乗るやうな人は笑へ。」（「病牀六尺」）と。もうすっかり見透かされている。百年後の私たちへの見事な先制パンチである。病気の自分を笑い飛ばし、六尺の病床さえ広すぎるという子規の発想はあらゆるものを客観的に眺める目に裏打ちされていると思う。その柔軟性やユニークさは現代を生きる私たちにも大いに参考になりそうだ。

たとえば、隠れ日記とでもいうべき「仰臥漫録」では毎日の食事をこと細かに記録している。子規は、徹底して栄養のある物を食べている。間食の菓子パンやココア入牛乳もその一つ。子規の食べることへの執着は、生きることへの執着のように思える。食べることが、今生きている確かな実感であり楽しみであった。逃れられない病気のつらさ、苦しさに正面から対峙し子規はもがく。「痛い、痛い」と泣き叫び、家人に当たり散らす。その一方で俳句や短歌を詠み、文章を書き、枕辺の花や果物を描き、多くの人と交わり、ごちそうを食べるのだ。徹底してその状況を楽しんでいる。

「ガラス玉に金魚を十ばかり入れて机の上に置いてある。余は痛みをこらへながら病床からつくづくと見て居る。痛い事も痛いが綺麗な事も綺麗じゃ。」（「墨汁一滴」）

子規はどんな時でも「金魚が綺麗だ」という眼差しを忘れなかった。これが子規の精神であった。

会《かい》の日《ひ》や晴《は》れて又《また》ふる春《はる》の雨《あめ》

この「会」は句会であろう。定例の句会の日であるが、まだ誰も現れないのである。三々五々仲間がやって来てやがて句会が始まる。それが待ち遠しいのである。「会の日や」という初句切れに期待感が顕れている。ところが外は春雨が降ったり止んだりしている。まさか誰も来ないということはなかろう、と思う。それでも足元の悪さは気になり、少し不安なのである。「晴れて又ふる」という措辞が一喜一憂する気分を良く示している。ただ、「春の雨」であるので、気分は仄かに明るい。時々は薄日が射したりもするのである。

明治二十九年、子規は脊髄カリエスのために歩行が困難になり、手術。以後、母と妹がつきっきりで看病にあたることになる。家計を支える身で病床に伏す子規にとって、訪れる友との語らいは何よりの慰めであり、まして句会は待ち遠しかったであろう。初句切れに切実感がにじむ。明治三十二年作。原句は「會の日や晴れて又ふる春の雨」。季語「春の雨」(春)。

菊池　修

雉《きじ》の子《こ》をつかんで帰《かえ》る童《わらべ》かな

雉は現在では日本の国鳥である。親鳥の雄は顔が赤く胴体は主に緑色でとても美しい。雉の子は鶏の雛より少し小さく、生まれるとすぐに歩く。親鳥に一列になってついて行くところを少年期に見た記憶がある。そのような雉の子を幼子が捕まえて、持って帰っているのである。つかんで帰るという措辞により、如何にも乱暴そうな子供の表情や、丸出しの脛までもが見えてくる。初夏の往時ののどかな生活ぶりを見事に活写している。

立派な写生の句であるが、この句の特徴はその写生に動きを取り込んだところである。この句を読むと、雉の子を掴んだ手を高々と掲げ、勝ち誇ったように帰ってくる子供の様子がありありと浮かんでくる。動きを書くことで、句はエネルギーを帯びてくるということである。子規のはつらつとした詩精神が窺える作品。明治三十二年作。原句は「雉の子をつかんて皈る童哉」。季語「雉の子」(夏)。

松本勇二

薔薇《ばら》の画《え》のかきさしてある画室《がしつ》かな

「薔薇」、と名前を口にするだけで気分が華やぐ花。薔薇の色の鮮やかさ。その花の絵が置かれている。描きかけの状態で。ただ、それだけなのに画室は明るさで満たされているようだ。

子規は「僕に絵が画けるなら俳句なんかやめてしまう。」と雑誌「ホトトギス」に書くほど画が好きだった。子規と親交のあった洋画家に黙語氏こと浅井忠がいる。彼は明治三十三年に渡仏する前は子規と同じ上根岸に住んでいた。浅井宅は三十八番地、子規庵は八十二番地。隣近所である。浅井忠はわたしの好きな画家なので、ひょっこり子規が彼の画室を訪ねた、と想像するのは楽しい。あるいは絵具をくれた中村不折の画室かもしれないし、架空のものかもしれない。いずれにしろ句には、画室のゆったりとした時間と画家の不在の印象がある。明治三十二年作。原句は「薔薇の畫のかきさしてある畫室哉」。季語「薔薇」(夏)。

松本秀一

我境涯

句《く》を閲《けみ》すラムプの下《した》や柿二《かきふた》つ

「句を閲す」即ち、前年より発行を始めた「ホトトギス」の選句をしているのであろう。秋の夜長、布団に伏臥の子規、枕許の積まれた句稿、そして彼の好きな柿が二つ置かれ、ランプの淡い朱明かりがすべてを包んでいる。前書きに我境涯とあるが、掲句はそんな暗さを微塵も感じさせず、セピア彩めいた透明感のある懐かしさを感じさせる。ランプとその光りを浴びてなお朱く輝いているであろう二つの柿との照応も、見事である。

この頃子規は脊椎カリエスが悪化し、寝返りも困難となったが仕事への意欲は益々旺盛、文章会をひらき写生文を実践指導、水彩画も書きはじめている。子規の柿好きは有名で、仰臥漫録掲載の日々の献立にも、そのことがしのばれる。明治三十年、「三千の俳句を閲し柿二つ」の句もある。明治三十二年作。原句は「句を閲すラムプの下や柹二つ」。季語「柿」（秋）。

熊本良悟

ガラス窓《まど》に上野《うえの》も見《み》えて冬籠《ふゆごもり》

作者はガラス窓の入った室内で冬籠もりをしている。そこからは庭の景色が見え、庭のさらに向こうには上野の山も見えているという。窓の外の寒さとは対照的に、作者はガラス窓を通して差し込んでくる冬の日射しを浴びながら、暖かい室内で冬籠もりの気分を満喫しているのだろう。

根岸にある子規庵での子規の居室は南向きの六畳であった。そこには従来、障子窓が張られていたが、明治三十二年十二月、虚子のはからいにより障子がガラス窓に変わった。当時すでに寝たきりであった子規にとって、写生句を作る上で、布団に横になったまま外の景色を見られることは何にも勝る喜びであったに違いない。明治三十二年作。原句は「ガラス窓に上野も見えて冬籠」。季語「冬籠」（冬）。

相原しゅん

カナリヤは逃《に》げて春《はる》の日《ひ》くれにけり

カナリヤは金糸雀と書き、雀の仲間である。黄色い鮮やかな羽を持ち、カナリヤ諸島で産された事からこの名がついた。カナリヤが籠を抜け出て大空へと飛翔していった。戻ってくるのではないかと空を見上げる人の前で容赦なく春の日は翳り、やがて暮れていく。

句が作られた明治三十三年三月、子規は洋画家の浅井忠に依頼して庭に大籠を設置し、小鳥を放った。遠出の適わなくなった身を労わり、臥床して句作をしながら、小鳥の声や姿に慰めを感じ、束の間痛みを忘れて日永を過ごしたかもしれない。美しい鳴声と明るい黄色の羽を持ち、自由に飛び立てるカナリヤに子規は希望と命の輝きを託したのであろうか。そのカナリヤが逃げていき淋しかろうと思うのにこの句には悲壮感がない。ただ、春の日が暮れていくように人生の終焉を迎えたいと願う、子規の透明な哀しさと快活なため息があるばかりである。原句は「カナリヤは逃げて春の日くれにけり」。季語「春の日」(春)。　渡邊桂子

赤《あか》き林檎《りんご》青《あお》き林檎《りんご》や卓《たく》の上《うえ》

色彩の鮮やかな句である。テーブルの上にある数個の林檎のみに焦点を当てることで、林檎の質感や手触り、香りまでが一瞬のうちに喚起される。まるで一枚の絵のような構図だ。一切の背景をそぎ落とした単純明快さが、林檎の存在感を際やかなものにした。事物を的確に写しとる写生の眼がここに働いている。

寝たままの姿勢で見る林檎は、とても大きく見えたことだろう。林檎も、見る角度を変えることでさまざまな表情を見せてくれたに違いない。林檎の甘酸っぱい香りは鼻腔をくすぐっただろうか。現代に生きる私も、なんだか林檎が食べたくなってきた。林檎は、そこにあるだけで人に活力を与えてくれる不思議な果物だと思う。子規は赤い色が好きだった。明治三十三年作。原句は「赤き林檎青き林檎や卓の上」季語「林檎」(秋)。

中居由美

鶏頭《けいとう》の十四五本《じゅうしごほん》もありぬべし

脳髄のような肉厚の花の肌。血潮のような花の彩。鶏頭は、生々しい色と相俟って、塊となって目に迫ってくる花である。従って、「十四五本」の曖昧な表現は、具体的な花の本数と言うよりも、むしろ鶏頭の威圧感を示しているように思われる。そして、下五は、その威圧に負けまいと拮抗する意識の表現なのである。単なる詠嘆の「けり」ではなく、強い語調の「べし」で句を結んでいるのも、その意識の現れと言えるのではなかろうか。

茂吉の称賛と虚子の黙殺と背反する評価を与えられた掲句は、俳壇に「鶏頭論争」を巻き起こす。鶏頭の存在性から、果ては子規の死生観まで幅広く論じられた。私は、「対象物との妥協なき戦い」の精神が成せる句であると考えている。はてさて、あの世で微笑んでいる子規の顔を想起したのは、私だけだろうか。明治三十三年作。原句は「雞頭の十四五本もありぬべし」。季語は「鶏頭」(秋)。

櫛部天思

子規と経済　日本新聞社社員タリ　月給四十円

岡本亜蘇

興味深い記述が「仰臥漫録」にある。明治二十五年、学士の平均月給は五十円であった。そこで、「余、書生たりしときは少なくとも五十円の月給を取らん」と考えた。ところが俳句革新という「夢」の実現を決意し、大学を中退して月給十五円の日本新聞社に入社する。翌年二十円に昇給するが、それでも「家族を迎へて、三人にて二十円の月給をもらひしときは金の不足するはいふまでもなく」と苦しい生活を強いられている。しかし、「さりとて日本新聞社を去りて他の下らぬ奴にお辞儀して多くの金をもらはんの意は毫もなく」と、「夢」の実現にむけて強い意志を貫く。

明治三十四年、「新聞社の四十円とホトトギスの十円とを合わせて一ケ月五十円の収入あり」とやっと学生のころに考えた収入に辿りついた。しかし、この年の家賃を比べてみると、虚子十六円、飄亭九円、碧梧桐七円五十銭、子規六円五十銭であるから、一番安い。当然収入も一番低かったと想像できる。子規は、「人間は最も少ない報酬で最も多く働く人ほど偉い人ぞな」「アシも外では七、八十円くれるのだが日本新聞社にいるほうがよい」と語っている。この日本新聞社は子規の俳句革新という「夢」の象徴に他ならない。子規は月給よりも「夢」を優先した。

ところで、アントレプレナーという言葉がある。一般的に、秀でた起業家とも企業家とも認識されている。経済学者シュンペーターによると、その動機的特性は「私的な帝国ないし王朝を建設しようとする夢想と意志」であるとしている。このシュンペータに従うなら、アントレプレナーとは、自らの「夢」に人生を賭ける人間ということになる。「坂の上の雲」に描かれた子規は、俳句革新という「夢」にむかって突っ走った。古い価値観が破壊され、新たな価値観を模索し躍動する明治という時代、野心と夢を抱いた子規は病苦や生活苦と泣き叫びながらも戦い、俳句革新という「夢」を実現しようとする。しかも、その生き様は明るい。それは、明治という躍動する時代の中で、自らの壮大な夢を求めて、懸命に坂を駆け登り続けたからかもしれない。その苦しい坂を登りきった子規は、子規山脈という途方もない財産を残した。

筆《ふで》ちびてかすれし冬《ふゆ》の日記《にっき》かな

冬には指先も筆もかじかんで、ただでさえ書きづらい状態であるのに、さらに、穂先がすり減ってまとまらず、墨の含み具合も悪い。そのせいで文字がかすれてばかりいる日記になってしまった。「筆ちびて」という表現には、その筆が日常の中で使い込まれた愛用の一本であることを窺わせる。また、「かすれし冬の日記哉」には、寂寥感がありながら、どこかしら明るさを失ってはいない。

筆の句には「凍筆《いてふで》をホヤにかざして焦がしけり」もある。それにしても、子規の生涯に消耗した筆は何本になるのだろう。日記だけでなく、病床での旺盛な執筆活動ぶりを思えば、「ちび」た「筆」に子規自身が重なって見える。この年は新聞に「叙事文」を掲載し、写生文を提唱した。しかし、書き続けることによって歴然とその存在が証明されたのだ。明治三十三年作。原句は「筆ちびてかすれし冬の日記哉」。季語「冬」（冬）。

俊成由美子

ガラス戸《ど》や暖炉《だんろ》や庵《いお》の冬構《ふゆがま》へ

「や」のリフレインに尽きる。歓びに駆られた子規の姿だ。病臥する部屋の障子が、ガラス戸に代わった。ガラスに息を吹きかけ指で絵を描いた。何度もこすり磨いていつくしんだ。外の世界も近くなった。寝ながらにして、上野の森が見える。物干し竿の足袋が目に入る。小松菜においた霜も。見えるも、見えるもとはしゃいだ。

季節がめぐれば、中村不折が植えてくれた鶏頭、鴎外からの朝顔もある小さな庭がいっそう身近になるだろう。同時に石油ストーブも据えられた。ともに虚子の配慮による『ホトトギス』からの贈物。翌年、伊藤左千夫と岡麓の心遣いで、煙突つきの石炭ストーブを設置。冬構えは充実。

が、仰臥の身になにものにもかえがたいのはガラス戸。「ビードロの駕《かご》をつくりて雪つもる白銀の野を行かんとぞ思ふ」という歌も。明治三十三年作。原句は「ガラス戸や暖爐や庵の冬搆」。季語「冬構へ」（冬）。

堀内統義

風呂吹《ふろふき》をくふや蕪村《ぶそん》の像《ぞう》の前《まえ》

「風呂吹」は風呂吹き大根。冬の代表的な家庭料理である。この庶民的な食べ物を蕪村の像の前で食べているのだ。言うまでもなくこの句の魅力は、「風呂吹をくふ」と「蕪村」の取り合わせである。蕪村と取り合わせる物が魚介類だと生々しくなるし、果物だと女性的になり句のイメージが甘くなる。他の野菜でもいけない。風呂吹き大根が子規の好物かどうかは知らないが、この句の中の子規も、蕪村像の顔も、穏やかで優しげな表情であっただろう。

この句が詠まれた年の十二月に蕪村忌がとり行われ、その前年には「俳人蕪村」が刊行されている。また、大阪の知人から蕪が送られ、子規の母と妹がそれを料理していることから、この「ふろふき」は蕪だったのかもしれない。「蕪村」の蕪と「ふろふき」の蕪の掛け合わせが俳諧的で楽しい。明治三十三年作。原句は「風呂吹をくふや蕪村の像の前」。季語「風呂吹」(冬)。

三好万美

職業《しょくぎょう》の分《わか》らぬ家《いえ》や枇杷《びわ》の花《はな》

現在は家を見てもほとんどその家の職業は分からない。農家、八百屋、電気屋、クリーニング屋、風呂屋、食堂、大工、窯元、洋服屋、医者、散髪屋……。すぐに職業の分かる家を思い浮かべてみると、たいていが自営業者。昔は、ほとんどの家が農家だったから、たいていの家の職業が分かったのだ。そんな時代や地域では職業の分からない家があると気になるものである。近所付き合いもしていないのかもしれない。それを象徴するように、その家には枇杷の花がひっそりと咲いている。

多くの果物は春に花を咲かせ夏や秋に実を結ぶが、枇杷は冬に花を咲かせ夏に実が熟す。薄クリーム色の花は目立たないが、よく見れば気品があり芳香がある。そんなことを思えば、女性の家だろうか、ひょっとしたらお妾さんだろうか、などと余計な想像をしてしまう。明治三十三年作。原句は「職業の分らぬ家や枇杷の花」。季語「枇杷の花」(冬)。

寺村通信

自題小照

大三十日《おおみそか》愚《ぐ》なり元日《がんじつ》なほ愚《ぐ》なり

小西昭夫

この句には「自題小照」の前書きがある。つまり、作者の自画像である。自分のことを一年の終わりである大三十日も、一年の初まりである元日も愚かであると言い切る精神の健康さ。人間はどんな聖人でも愚かな者だが、自分の愚かさをなかなか認めることができない。そのことを思えば、これは逆説的な自恃の表現であるともいえるだろう。

明治三十四年一月一日、子規は歳旦帳に自画像を描き、歌と句を書き記した。この句がそれであり、歌の方は「あめつちのそきへのきはみわが顔に似るちふものは我かほならし」であった。年末の大原恒徳宛の手紙には「一昨々両日の如きハ苦痛もその極に達し斯くてハ最早生存の必要なしと迄思ひつめ候処今日は大分ゆるみ安心致候」と書く苦しみの中で、一月十六日から「墨汁一滴」の連載を始めている。愚といえば愚である。明治三十四年作。原句は「大三十日愚なり元日猶愚也」。季語「元日」(新年)。

春《はる》の日《ひ》や病床《びょうしょう》にして絵《え》の稽古《けいこ》

麗らかな春の日である。病床にいるにもかかわらず、絵の稽古をして過ごしている。枕元に生けてある草花か、お見舞いの果物の絵でも描いているのだろうか。「春の日」という季語のおかげで、絵の稽古は深刻ではなく楽しそう。「秋の日」「冬の日」であったなら暗く苦痛の伴う稽古のイメージである。また、病床にもかかわらず何かを稽古するという、前向きな姿勢がせつなくもおかしい。

このころ子規は、カリエスの悪化で寝返りも出来ない状態。死を覚悟しながらも日々を精一杯楽しむ姿勢を貫いている。中でも晩年の最大の楽しみは写生画であったといわれ、最晩年明治三十五年には「菓物帖」「草花帖」らを残している。「病床にして絵の稽古」のフレーズは、他人を詠んだかのように客観的。病人である自分をも被写体として捉えていたのかもしれない。明治三十四年作。春の日六句のうち二句目。原句は「春の日や病牀にして繪の稽古」。季語「春の日」（春）。

三瀬明子

五月雨

五月雨《さみだれ》や上野《うえの》の山《やま》も見《み》あきたり

「五月雨」は梅雨のこと。「五月」の「さ」と「水垂れ」の「みだれ」を結んだ意といわれる。梅雨前線が本州南方海上を東西に走り停滞するために長く降り続く雨である。田植えには欠かせないが、じとじとして鬱陶しい。もう、二、三日降り続いているのだろう。外出もできないし家にいても鬱陶しい。早く止んでほしい雨。窓からは上野の山しか見えず、もう見飽きてしまった。

子規は陸羯南宅の西隣に転居した明治二十五年にも「五月雨やけふも上野を見てくらす」と作っているが、この句は明治二十七年に転居した羯南の東隣の家で作られた。子規終生の住居となった下谷区上根岸八十二番地の家である。既に寝たきりの病人になっていた子規には降り続く雨が鬱陶しかったのであろう。明治三十四年作。原句は「五月雨や上野の山も見あきたり」。季語「五月雨」(夏)。

浅海好美

同病相憐

寝床《とこ》並《な》べて苺喰《いちごく》はばや話《はな》さばや

五感に訴える句である。苺の赤、甘酸っぱい臭いと味、語り合う声、布団の温もり。そして、並べた寝床とたたみかける表現が限られた空間と主人公の身の不自由さを想像させる。

この句は死の前年、子規の最も若い弟子、原達《とおる》（明治十六年～四十五年。原敬の甥。俳号抱琴）に送られたものである。彼もまた肺病で早生した。自ら不治の病に犯されながら、同病の弟子を励ましている。しかも、相撫で擦るのではなく、共に命の限り生きようというのである。「喰はばや」「話さばや」この表現の強さ。まさに咽に血反吐みせて鳴くホトトギスである。私にとって子規は、過去完了の偉人ではなく、現在進行形で俳句の世界を広げてくれる人である。明治三十四年作。原句は「寝牀竝べて苺喰はゞや話さばや」。季語「苺」（夏）。　　かたと

子規と食べ物

浅海好美

子規は肺結核を病み、限られた余命の中で俳句革新、短歌革新、写生文などのたくさんの仕事をした。その子規の仕事を支えたのは、食べるということであっただろう。

雑炊三椀、粥六椀、佃煮、梅干、鰹の刺身、なまり節、キャベツの浸し物、味噌汁、梨三つ、菓子パン二個、塩煎餅三枚、芋坂団子（餡付三本、焼一本）、牛乳一合ココア入り、葡萄酒一杯、麦湯一杯、茶一碗、

これは明治三十四年九月四日の子規の食べたものである。この日の子規の献立を机の上に並べてみたが、大食家？の私も大変驚かされた。それは一日ではとても食べきれない量だった。今日のように電子レンジのある時代ではないので、主婦の立場からすれば、食事を作られたお母様、妹さんの大変さがよく分かるのである。

子規は、いろいろな食べ物に興味をもち、この時代から烏龍茶を飲み、パインアップルの缶詰なども好物だったようだ。家賃が六円五〇銭の時代に刺身代が六円十五銭、お菓子

代が一円七十八銭とは笑ってしまう。しかし、これが命を長らえる額だと思えば笑ってはいられない。

長塚節より送ってきた栗が実の入りが悪い虫食い栗であっても、「真心の虫喰ひ栗を貰いけり」と感謝と遊び心を忘れていない。赤色が好きだった子規はいちごが好きだった。須磨の療養所の時代には、いちごが食べたいという子規に虚子や碧梧桐がわざわざ近くのいちご畑まで出掛け、朝早く新鮮ないちごを笊一杯とって届けた。一粒一粒揺らしながら食べたいちごが子規の命をよみがえらせたのかもしれない。身体の具合が最悪の場合にも「林檎食ふて牡丹の前に死なんかな」とどきりとする句を吐いてしまう。子規にとっては、食物が痛みを和らげるモルヒネのような役目を負っていたのかもしれない。

「大阪では鰻の丼を『まむし』という由聞くもいやな名なり。ぼくが大阪市長になったら先ず一番に布令を出して『まむし』という言葉を禁じてしまう」と書かれていたり、その晩に「鼠骨と晩餐（鰻飯）をともにす」と書かれていたり。こんな子どものような子規さんが憎めない。

秋《あき》の蚊《か》のよろよろと来《き》て人《ひと》を刺《さ》す

蚊帳の略画に

渡部まき

秋になると気温も低くなり蚊の活動は鈍ってくる。哀れな羽音をたてながら命つきそうな弱々しい生きものの秋の蚊。しかし、この蚊に刺されてしまうととても痒い。いつまでも痒みが取れず、跡になる事もある。少しの風にさえ吹かれてしまいそうな秋の蚊。よろよろと来てもなお、人の血を吸い、命を繋ぎ生きぬこうとする様子におかしさも感じられる。

子規は、自分の死期が近いことを感じ始めた頃、「秋の蚊」の小さな命にも、生命を見ていたのだろう。よろよろと庭を飛んでいた頃からじっと眺めていたのだろうか。遂に自分の痩せた腕にやって来て血を吸い始めた。哀れに飛んでいた頃とは異なり、勢いよく見えただろう。そして、また生を求めて去っていく様子を詠んだ句ではないだろうかと思う。明治三十四年作。原句は「秋の蚊のよろ〲と来て人を刺す」。季語「秋の蚊」(秋)。

即事

いもうとの帰《かえ》り遅《おそ》さよ五日月《いつかづき》

妹の帰りが遅くなっている。待っているのはやはり兄であろう。帰りを待つ兄の向こうには、五日月が浮かんでいる。風景の中に、妹を案じる兄の心情が溶け込んでいるように思われる。妹を心配している兄、その向こうに見える月という、一枚の風景画のような世界である。また、「よ」という言葉が、余韻を引き出し、風景をより深いものにしているように感じられる。

子規がこの句を詠んだ日、妹の律が四ツ谷の加藤家へ出かけている。兄の子規としては、やはり妹の帰宅の遅さが心配だったのだろう。この頃、子規の病状はかなり悪いものになっていた。病床から子規は月を見ながら、妹を迎えに行くことのできない自分の身を悔やんでいたのかもしれない。子規の律に対する気持ちが汲み取れる一句であろう。明治三十四年作。原句は「イモウトノ歸リ遲サヨ五日月」。季語「月」。

福田香奈

秋《あき》の蠅《はえ》追《お》へばまた来《く》る叩《たた》けば死《し》ぬ

　蠅が飛んで来る、しつこく来る。厭になって、ついには打ち殺そうとしたけれど……。追うだけではいつまでも埒のあかない秋の蠅、句中の人物は今、この小さい生命体と向き合っている。ますます真剣になってきた、果たして蠅の運命やいかに？
『仰臥漫録』この年の九月には、蠅の句の連作とも言える六句がある。表題の句は九月八日作。ややあって九月十七日の句「秋ノ蠅夕タキ殺セト命ジケリ」。そして九月二十一日「病室ヤ窓アタヽカニ秋ノ蠅」。蠅はうるさいが、秋日の中に見つけたりすると、その小さな命をいとおしく思うことがある。子規は、たった一叩きで死んでしまう蠅に、自分の命を重ねる。子規には、自分の死もはっきりと見えているのだ。明治三十四年作。原句は「秋ノ蠅追ヘバマタ來ル叩ケバ死ヌ」。季語「秋蠅」（秋）。

田村七重

［つくつくぼーし］

つくつくぼーしつくつくぼーしばかりなり

夏井いつき

季語「つくつくぼうし」には残暑の気配が色濃い。ジリジリとした声に声が幾重にも重なって鳴く法師蝉の特徴は、まさに「ばかりなり」の一言で言い尽くされる。脳神経に直接触れてくるような、鼓膜がジンジンと麻痺してくるような声と相俟って、さらなる焦燥感がつのる一句だ。

『仰臥漫録』九月十一日「つくつくぼうし」五句中の一句で「ツク、、ボーシツク、、ボーシバカリナリ」と片仮名表記されている。ワタクシ的には、人工音声のごとき無表情が強調される片仮名書きの句として味わいたい作品だ。この日の記述には「例の理髪師鶏頭の盆栽を携え来る」とあり、止まった虫が鶏頭の花を上下させるさまを楽しんだりもしている。時折逆上する精神の煩悶に苦しむ死の前年。子規の身中には、こんな「つくつくぼうし」が、死への時間を刻むように鳴き続けていたのかもしれない。明治三十四年作。原句は「ツク、、ボーシツク、、ボーシバカリナリ」。季語「つくつくぼうし」(秋)。

柿《かき》くふも今年《ことし》ばかりと思《おも》ひけり

きざ柿の御礼に

秋がめぐり、大好きな柿を食べる。これも今年で最後になるだろう。よく味わっていただこう…。繰り返されるK音がくぐもって響き、作者の運命に思いを馳せる。一年に満たない命だと言う。食べ頃のきざ柿（枝に生ったまま赤く熟した柿）を持ってきてくれた友にも、彼の運命はわかっているらしい。柿を食べる、今ひとときの命への愛おしさが心にしみる。

作品となった時点で俳句も作者から離れ独立して鑑賞されてよいと思うが、この句は逆に、この句により子規の境遇を思わずにはいられない。自らの死期の近いことをお礼の句に詠む。一見武士道的美学からははずれた行為のようだが、子規の壮絶な闘病ぶりを思えば、むしろ、迫り来る死をこんなにも素直に詠んだ俳句が他にあるだろうかと思う。子規最期の柿の季節の句。明治三十四年作。原句は「柹くふも今年ばかりと思ひけり」。季語「柿」（秋）。

大早直美

枝豆《えだまめ》や三寸《さんずん》飛《と》んで口《くち》に入《い》る

枝豆を茹でると豆と莢との間に少しの滑りが生じる。そのため莢を指でつまむと豆はつるりと飛び出す。この句は、その枝豆が勢いよく口に入る様を「三寸飛ンデ」と実数で誇張的に表している。三寸は約九センチ。「枝豆ヤ」と切れ字を使っているのもその勢いを増すのに役立っている。原句の漢字まじりのカタカナ表記もその勢いを増幅させている。この様にこの句の視線は枝豆にある。枝豆が誰の口に入ったのかは問題ではない。

子規は「仰臥漫録」に九月十三日付けで「『週報』の募集俳句を閲す　題は枝豆」と記している。この日子規は枝豆を食していないが、募集句に刺激されたのか枝豆の句を十二句記している。この句は、その中の一句。子規は、枝豆があまり好きでなかったか、消化が悪いから避けていたのか、日頃あまり食していない。明治三十四年作。原句は「枝豆ヤ三寸飛ンデ口ニ入ル」。季語「枝豆」（秋）。

佐伯のぶこ

霰

魚棚《うおだな》に鮫《さめ》並《なら》べたる霰《あられ》かな

魚屋に、鮫が並べられてある。残忍さの代名詞のように言われる鮫が、人間の手によって深い海から引き揚げられ、切り売りされているのである。生々しい光景だが、そこに霰が降ることで、この句は広がりを見せ始める。霰は勢いよく店の軒先を叩いている。

中原中也は「生ひ立ちの歌」で十七―十九の頃を振り返り、「私の上に降る雪は／霰のやうに散りました」と書いた。霰は長くは降らないが、氷の粒のため体に当たると痛い。それだけでなく、四方八方に散る様やその音は、どうしようもないくらい心理的な痛みを生じさせる。「甲板に霰の音の暗さかな」は明治二十七年の子規の句。パラ、パラ、と発音してみる。海へ陸へ、また、総ての生へ死へ降る暗い霰の音ならぬ音を、彼は病床で聞いたのだろうか。冬の荒海で絶命した鮫の姿と、上空から散り続ける霰の像を結んだ佳句。明治三十四年作。原句は「魚棚に鮫竝べたる霰かな」。季語「霰」(冬)。

十亀わら

蝶飛《ちょうと》ぶやアダムもイヴも裸《はだか》なり

目の前を蝶が飛んだ。二匹の蝶は絡まるかと思うと離れてひらひらと行き過ぎる。ふと、アダムとイヴのことが浮かんだ。万物はみな生まれたままの姿で睦み合う。「や」の切れ字が、一瞬の空白を生み、アダムとイヴへの連想へと子規を飛翔させる。「裸なり」の言い切りが、原初の男女の裸体の健やかさを肯定する。

プラトニックラヴも美しい。しかし、人は死ぬとき最愛の人の温もりの中にいたいと思わないだろうか。知恵の実を食べるまで、アダムとイヴも相手の裸体を直視して何ら恥じることはなかった。蝶は人の魂（プシュケー）ともいわれる。胡蝶となった子規の魂は誰の元へ飛んでいったのだろう。アダムとなって美しきイヴを直視する子規を夢想する。たとえ知恵の実を食べても、子規アダムは澄んだ目でイヴを見つめただろう。高村光太郎が、妻、智恵子の裸体を十和田湖の乙女の像に永遠に残そうとしたように。明治三十五年作。原句は「蝶飛ブヤアダムモイヴモ裸也」。季語「蝶」（春）。

武田美雪

子規と死

佐伯のぶこ

「身体ハ精神ノ家ナリ、精神ハ身体ノ主人ナリ」まだ子規とは名乗らず、俳句にもさして興味のなかった明治十八年のことである。この少年子規の身心観は、彼の一生を貫くこととなった。

明治二十一年八月の喀血を始りとして「死」は常に子規の傍にあった。翌年の大喀血を機に子規と号したのもその現れである。そして、明治二十九年リューマチだと思っていた痛みが結核性脊髄炎であると判った時、死はいよいよその正体を顕にしたのである。しかし、子規は怯まなかった。その時のことを「医者に対していうべき言葉の五秒間遅れたるなり。五秒間の後は平気に復りぬ」と虚子に書き送っている。こうして自分の死を客観的に見つめる子規は、明治三十一年自らの墓碑銘を書いた。「明治三十〇年〇月〇日没ス」死は、まさにその期限を切ってきたのである。

明治三十四年四月九日

一　人間一匹

右返上《へんじょう》申候但時々幽霊となって出られ得る様以特別《とくべつをもって》御取計可被下《くださるべく》候也

明治三十四年月日　　　　何がし

地水火風《ちすいかふう》御中

また後日、閻魔に早く迎えに来てほしい。それも突然来てほしい。しかし、突然今夜というのは困ります。「閻魔からから笑ふて『こいつなかなか我儘っ子ぢゃわい』(この一句左団調)

拍子木　　　　幕

この様に戯けながら死を主観的に見つめる子規は、自殺を考えたことがあった。しかし、死に損うのが恐ろしかった。死は恐ろしくはないが苦しみが恐ろしかったのである。子規の死生観は、常人のそれに等しいものであったにちがいない。

子規は、自分の死の足音を新聞「日本」に連載された『松蘿玉液』『墨汁一滴』『病牀六尺』に書き続けた。『病牀六尺』は、死の二日前まで書かれている。また、病床日記とも言うべき『仰臥漫録』には、死を目の前にした子規の生活が細かく書かれている。

「われらなくなり候とも葬式の広告など無用に候」「戒名などはなくもがなと在候」「柩の前にて空涙は無用に候」と記した翌年、明治三十五年九月十九日午前一時、子規は、逝ってしまった。享年三十四歳であった。九月二十一日の葬儀は、子規の願いにかなうものであった。

アハハと笑った子規。痛みに号泣した子規。よく食べた子規。議論好きだった子規。筆を離すことのなかった子規。

精神の家である体には、いくつも穴があき崩れてしまったが、その主人たる子規の精神は、今なお私達に赤々と点っている。

母の花見に行き玉へるに

たらちねの花見《はなみ》の留守《るす》や時計《とけい》見《み》る

「たらちね」だから若い母親ではない。中年あるいは初老にさしかかった年頃だろう。その母親が花見に出掛けた留守。「時計見る」という僅か五文字に様々な思いが読み取れる。今ごろ満開の桜を楽しんでおられるだろうか、人混みに疲れていないだろうか、もうすぐ帰るころだろうか。……しみじみとした母親への思い、残されている自分のかすかな淋しさ、そしてしんと静かな部屋の気配。

既に深く病にむしばまれていた子規に代わって、母・八重の心を慰めるべく向島の花見に伴ったのは河東碧梧桐。子規のみならず彼の家族へも及ぶ、その心遣いに感謝する子規の心情が『病牀苦語』に窺える。明治三十五年作。原句は「たらちねの花見の留守や時計見る」。季語「花見」(春)。

渡部州麻子

薔薇《ばら》を剪《き》る鋏刀《はさみ》の音《おと》や五月晴《さつきば》れ

陰暦の五月とは、現在の梅雨の時期にあたる。薔薇の花にも葉にも、たくさんの雨の滴が光る梅雨の晴間。薔薇の一枝一枝を切る鋏の音の余韻が、この青空にしみ入るようである。

薔薇を好む病床の兄のために、妹の律が切っているのだろう。献身的な看病をする律の思いが、爽やかな鋏の音や切ったばかりの薔薇の芳香に反映されているのではないか。最後の夏、子規の病はすでに視点を変えるのもままならない程進行していた。それでもまぶたの裏には、生命力溢れる薔薇が咲いていたのだ。「フランスの一輪ざしや冬の薔薇」（明治三十年）にも見てとれるように、薔薇は子規が抱き続けていた西洋への憧れの象徴であると言える。明治三十五年作。原句は「薔薇を剪る鋏刀の音や五月晴」。季語「五月晴」（夏）。

佐藤文香

病中作

活《い》きた目《め》をつつきに来《く》るか蠅《はえ》の声《こえ》

これは高熱などで寝ているときの、一つの幻覚の世界だ。「活きた」には必死で生きている感じがする。その「活きた目」とは、薬などの影響で朦朧となっている状態のものなのか。そうであれば身体の自由が奪われて、何の抵抗も出来ない。蠅は舐めるものなのだが、この句には「つゝきに」とあるから嘴をもった蠅なのだ。そんな蠅の飛ぶ音が声となって、しかもおどろおどろしい声となって責め立ててくる。それでも目だけは強く意識の中で蠅の動きを追っているのだ。そしてつゝかれると思った瞬間、朦朧状態から醒めるのだ。顔から首には噴き出した汗がべたついている。

カリエスに犯されながらも貪欲に死と対峙した子規だが、病の進行は遺憾ともしがたい。しかし鳳眼と言われた目は子規の自慢だ。「來るか」の「か」に蠅を見る眼の底力を感じる。明治三十五年作。原句は「活きた目をつゝきに來るか蠅の聲」。季語「蠅」(夏)。

東　英幸

糸瓜《へちま》咲《さ》いて痰《たん》のつまりし仏《ほとけ》かな

黄色い糸瓜の花の下に、咽に痰を詰まらせた亡骸が横たわっている。他人のではない。「つまっているらしい」のではなく「つまりし」と決め込んでいるのだから、これは自分のむくろのことである。痰を詰まらせている情けない身体に、それでもユーモアが漂い安らかな感じを与えるのは「糸瓜咲いて」というゆったりした字余りの「て」に誘われるように見上げた、明るい糸瓜の花のひかりがわたしたちに充分残されているから。

碧梧桐と妹に看病されながら「仏かな」と書き終えて、子規はようやく苦痛から解き放たれたのではないだろうか。障子に凭せられたその句を書き付けた画板を一度は注視したようであるが、何とも口をきかない。「糸瓜の花」と痰の詰まった「仏」の配合に子規はたぶん満足したに違いない。その翌日十九日午前一時頃、ひっそりと息を引き取った。明治三十五年作。原句は「糸瓜咲て痰のつまりし佛かな」。季語「糸瓜」(夏)。

谷さやん

正岡子規略年譜（年齢は満年齢で表記）——小西昭夫編

慶応三年（一八六七）　〇歳

十月十四日（旧暦九月十七日）、伊予国温泉郡藤原新町（現、松山市花園町三番五号）に生まれた。本名常規、幼名処之助のち升。父、松山藩士御馬廻加番正岡隼太常尚、三十三歳。母、八重、二十二歳。

明治元年（一八六八）　一歳

湊町新町（後、湊町四丁目一番地）に移る。

明治二年（一八六九）　二歳

正岡家失火で全焼。

明治三年（一八七〇）　三歳

十月一日、妹律が生まれた。約二十坪の新築家屋に住む。

明治五年（一八七二）　五歳

一月、父常尚隠居し、家督を相続する。三月父死去。

明治六年（一八七三）　六歳

三並良と大原観山私塾へ素読を学びに通う。末広町の法龍寺内の寺子屋式の小学校、末広学校（後、智環学校）に入学（一説には明治七年）。

明治八年（一八七五）　八歳

伝習所の付属小学校、勝山学校に通う。四月、観山没後、土屋久明に漢学を学ぶ。

明治十年（一八七七）　十歳

小学校教師、景浦政儀のもとに数学、読書の復習に通い、毎夜聞かされる三国志や漢楚軍談が楽しみだった。

明治十一年（一八七八）　十一歳

夏、土屋久明に漢詩の作り方を学ぶ。森知之に葛飾北斎の「画道独稽古」を借りて模写する。

明治十二年（一八七九）　十二歳

回覧雑誌の「桜亭雑誌」「松山雑誌」「弁論雑誌」を作る。夏、疑似コレラにかかった。この頃から貸本に熱中し、馬琴の小説や『源平盛衰記』『保元物語』『平治物語』などを読む。十二月、勝山学校卒業。

明治十三年（一八八〇）　十三歳

三月、松山中学入学。竹村鍛、三並良、太田正躬らと漢詩を作る会「同親会」を結成し、漢学者河東静渓に学ぶ。翌年にかけて多くの漢詩稿、回覧小雑誌をつくる。

明治十四年（一八八一）　十四歳

「愛比売新報」に投稿の漢詩が掲載される。

明治十五年（一八八二）　十五歳

六月、小学校での作文を「自笑文草」にまとめる。七月、上京した三並良宛の手紙に短歌一首をはじめてつくる。県会を傍聴したり自由党員を訪ねたり演説や政治に関心をもった。

明治十六年（一八八三）　十六歳

北予青年演説会、中学校談心会、明報会等に入会してさかんに演説する。政治への関心と上京遊学の希望ますます強まる。五月、松山中学退学。叔父加藤拓川の遊学同意書簡に接して直ちに上京。拓川の指示で陸羯南を訪ねる。七月、須田学舎に入る。藤野古白と同宿。十月、共立学校入学。

明治十七年（一八八四）　十七歳

二月、「筆まかせ」と題して、随筆を書きはじめ、明治二十五年頃まで続く。三月、旧藩主久松家の給費生となり月額七円を支給される。夏、本郷の進文学舎に通い坪内逍遙に英語を学ぶ。九月、東京大学予備門に入学、同級に夏目漱石、南方熊楠、山田美妙らがいた。

明治十八年（一八八五）　十八歳
春、哲学を人間一生の目的と思い定める。六月、学年試験に不合格落第。七月、妹律、恒吉忠道と結婚（二年後に離婚）。帰省中、秋山真之を通じ、桂園派の歌人井手真棹に歌を学ぶ。九月、坪内逍遙の『当世書生気質』を読み感嘆する。この年から俳句を作りはじめる。
明治二十年（一八八七）　二十歳
夏、大原其戎に俳諧を習う。「真砂の志良辺」に投句する。
明治二十一年（一八八八）　二十一歳
第一高等中学校予科を卒業。夏期休暇を向島長命寺境内の桜餅屋月香楼に仮寓、短歌、漢詩、俳句をふくむ『七草集』を執筆した。三並良・藤野古白が同宿。八月一日頃、鎌倉・江ノ島方面に遊び、途中、初めて喀血する。九月、本郷真砂町の常磐会寄宿舎に入る。秋、ハーバート・スペンサーの文体論を読む。前々年来、ベースボールに興味をもち熱中する。
明治二十二年（一八八九）　二十二歳
一月、夏目漱石との交遊がはじまる。五月九日、夜突然、喀血。翌日、時鳥の句を四、五十句つくる。はじめて子規と号す。喀血は一週間ほどつづいた。六月、妹律、中堀貞五郎と結婚。夏帰省し静養、河東碧梧桐にベースボールを指導。
八・九月、「啼血始末」を書く。この頃から俳句分類をはじめる。

明治二十三年（一八九〇）二十三歳

四月、河東碧梧桐の処女句稿を添削し、以後その作句を指導する。妹律、中堀貞五郎と離婚し復籍する。七月、第一高等中学校卒業。九月、文科大学哲学科入学。秋、本郷の夜店で幸田露伴の『風流仏』を入手、傾倒する。

明治二十四年（一八九一）二十四歳

一月、哲学科から国文科へ転科する。三月、「鬱憂病の類」にかかり、房総旅行に出る。春、ブッセ教授の哲学総論の試験準備に苦しむ。五月、碧梧桐を通じて高浜虚子との文通がはじまる。六月、学年試験を放棄し木曽旅行を経て帰省。「かけはしの記」を書く。十二月、常磐会寄宿舎から本郷駒込追分町に転居、面会を謝絶して小説「月の都」を書きはじめる。

明治二十五年（一八九二）二十五歳

一月、竹村鍛らと「せり吟」を行う。二月、「燈火十二ヶ月」をつくり、その後も何々十二ヶ月形式の俳句を作る。下旬、「月の都」の原稿を持って幸田露伴を訪ね批評を求め、以後交友がはじまる。下谷区上根岸八十八番地に移転。五月、この頃きわめて不安定な精神状態のなかで、小説家については断念の気持ちに傾き、虚子宛に「詩人トナランコトヲ欲ス」。碧梧桐宛に「人間よりハ花鳥風月が好き也」と書く。六月二十六日、「日本」に「獺祭書屋俳話」の連載を始める。七月、学年試験に落第、退学の決意を固める。八月下旬、漱石らと松山から帰京、途中神戸から下痢に悩む。九月、新海非風と一題百句の競吟を行う。以後しばしば行うようになる。九日、両三日来の血痰が濃くなる。十月、羯南を訪問し今後の事を相談。この月大学を退学。十一月九日、一家東京移転のため母八重妹律を神戸へ迎えに行く。これより羯南の世話を受けながら一家そろっての生活をはじめる。十八日、日本新聞社に入社決定。月給十五円。

明治二十六年（一八九三）二十六歳

一月より月給二十円。伊藤松宇ら俳人グループ「椎の友」との交流をきっかけに運座句会盛んになる。二月三日、「日本」に俳句欄を設け日本派俳句を載せはじめる。十四日、血痰あり、夜、羯南の紹介で医師宮本仲来診。以後宮本は子規の主治医となる。三月、文科大学を正式に退学。二十四日、「椎の友」グループとの雑誌「俳諧」第一号出る。『獺祭書屋俳話』刊。六月から俳句分類に熱中。七月、芭蕉の『奥の細道』を慕い、地方俳諧師の訪問をかね、東北旅行に出発。福島・宮城・山形・秋田などをまわり八月二十日帰京。十一月十三日、「日本」に「芭蕉雑談」の連載を始める。この年、非常に多くの俳句をつくった。

明治二十七年（一八九四）二十七歳

二月、下谷区上根岸八十二番地に転居、終生の住居となる。「小日本」創刊、編集責任者となる。月給三十円。「竹乃里人」の名ではじめて短歌一首を発表。「小日本」の仕事を通じて洋画家中村不折や石井露月を知る。七月、「小日本」廃刊。八月、日清戦争始まる。秋、武蔵野郊外を散策し写生俳句に開眼する。

明治二十八年（一八九五）二十八歳

三月、前年からの従軍記者になりたいという念願がかない、従軍許可。四月、藤野古白ピストル自殺。十日、宇品を出港し金州・旅順などに約一ヶ月滞在。二十八日、「日本」に「陣中日記」の連載を始める。戦局はすでに休戦協定が成立していた。五月、金州で従軍中の森鷗外を訪ねた。十四日、帰国のため大連を出発、十七日、突然、喀血。二十三日、神戸に上陸後直ちに神戸病院に入院。喀血激しく一時は重篤となり、電報で母妹を呼ぶ。六月中旬から次第に回復し、七月二十三日、須磨保養院に移る。八月下旬、須磨保養院を出て松山に帰省、夏目漱石のもとに五十余日寄寓。毎日のように句会を開き、漱石も加わる。九月、しばしば鼻血が出る。十月下旬、途中、広島、須磨、大阪を経て奈良に遊ぶ。「柿くへば鐘が鳴るなり法隆寺」の句を作る。二十二日、「日本」に「俳諧大要」の連載始まる。十二月、道灌山で虚子に文学上の後事を託すが断られる。

明治二十九年（一八九六）　二十九歳

一月、子規庵句会に鷗外・漱石がともに出席。二月、左腰が腫れて痛みがひどく、以後臥褥のままの状態となる。三月、病気はカリエスと診断されショックを受ける。四月二十一日、「日本」に「松羅玉液」の連載を始める。五月二日、「俳句問答」の連載を始める。夏頃から毎日子規庵で、俳句小集を催す。この頃から一題十句集を始める。この年子規唱道の新俳句が文壇の新勢力となる。

明治三十年（一八九七）　三十歳

一月二日、「明治二十九年の俳諧」の連載を始める。松山で柳原極堂が「ほとゝぎす」を創刊、部数三百部。二月、腰の痛み止めの薬を服用。佐藤三吉博士の来診をうける。三月二十七日、佐藤博士の執刀で腰部の手術をうける。四月十三日、「日本」に「俳人蕪村」の連載をはじめる。二十日、医師に談話を禁じられる。下旬、再手術。五月下旬、高熱を発し病状悪化、一時虚脱状態に陥る。二十八日、『古白遺稿』刊。六月中旬、容態が平常に回復。八月、月給三十七円となる。九月、臀の下あたりに二箇所穴ができ、膿が出はじめた。十月十日、桂湖村が京都から愚庵に託された柿を持参。柿の句十一句を作る。二十九日、愚庵に贈る柿の歌六首をつくる。十二月二十四日、子規庵で第一回の蕪村忌をひらく。三十日、「ほとゝぎす」十二号に「俳句分類」を発表。以後掲載をつづける。

明治三十一年（一八九八）三十一歳

一月、月給四十円となる。十五日、蕪村句集輪講会をはじめて開催、以後ほとんど毎月ひらく。その結果は「ほとゝぎす」に掲載された。二月十二日、「日本」に「歌よみに与ふる書」の連載を、併行して二十七日から「百中十首」の掲載を始める。この年短歌作品が急速にふえた。三月、子規閲の新派句集『新俳句』刊。第一回子規庵歌会を開く。七月、虚子の雑誌刊行の意志を受け、「ほとゝぎす」を極堂から引き継いで東京で刊行することに決定。十三日、河東可全宛書簡に自分の「墓碑銘」を記す。十月、東京に移った「ホトトギス」第一号発行。東京版は「ホトトギス」とカタカナ表記。

明治三十二年（一八九九）三十二歳

一月、『俳諧大要』刊。三月、子規庵で前年三月来の歌会開催、以後定期的に開かれる。この頃から「はがきノ歌」をしきりに出す。四月二十日頃、臀に新しい穴ができる。五月五日から発熱不眠に苦しみ、病状悪化する。繃帯交換が大苦痛となる。六月、病勢はやや緩むが寝返り困難で坐ることができなくなる。秋、不折から貰った絵の具で、初めて水彩画を描く。十二月、病室の障子をガラスに変える。この年、時々人力車で外出した。

明治三十三年（一九〇〇）　三十三歳

一月二日、伊藤左千夫がはじめて来る。二十九日、「日本」に「叙事文」の連載をはじめ、写生文を提唱。三月二十八日、長塚節がはじめて訪問。四月、万葉集輪講会を開く。八月十三日、従軍帰国時以来の大量喀血がある。二十六日、漱石、寺田寅彦と来宅。子規漱石最後の面会となる。左千夫に勧められ静岡県興津に転居を決意するが、一ヵ月半の検討を経て断念。九月、文章を持ち寄る「山会」開催。漱石、ロンドン留学のため横浜を出港。『蕪村句集講義』（春の部）刊。十一月、静養のため蕪村句集輪講会、山会以外の句会、歌会を中止する。

明治三十四年（一九〇一）　三十四歳

一月十六日、「日本」に「墨汁一滴」の連載がはじまる。連載の終る七月二日までほとんどこれに力を集中した。五月十日、寝返りのために麻の輪をつくって畳にとりつける。この日、膿が多量に流れ出て痛みが特に激しかった。下旬、病勢が悪化し「墨汁一滴」も律が筆記する。六月、病室の外に糸瓜棚をつくらせる。八月、子規庵で第一回俳談会が開かれる。九月二日、「仰臥漫録」をつけはじめる。十四日、腹痛激しく絶叫号泣。十月初め頃より、のぼせがひどく精神激こう、時に乱叫乱罵する。十月十三日、自殺を考え「仰臥漫録」に「古白曰来」の四字とともに錐と小刀の絵がかかれる。十四日、「仰臥漫録」に兆民居士は「まだ美という事少しも分からず」と書く。十八日、虚子から中江兆民の『一年有半』を送られる。十一月六日、漱石宛に「僕ハモーダメニナッテシマッタ」と書き送る。二十日、「日本」に「命のあまり」を連載。『俳句問答上の巻』刊。

明治三十五年（一九〇二）三十五歳（三十四歳十一ヶ月で死去）

一月十八日、この日から病状悪化し、連日麻痺剤を用いる。『蕪村句集講義』（夏の部）刊。二月、苦痛はなはだしく、一日に四回麻痺剤を用いる日もある。『俳句問答下之巻』刊。三月十日、「仰臥漫録」を改めて記し始める。包帯とりかえのとき腹部の穴が大きいのに驚き泣く。三月末、左千夫、秀真、碧梧桐、虚子らが交代で看護にあたることをきめる。四月、『獺祭書屋俳句帖抄上巻』刊。五月五日、「日本」に「病床六尺」を連載しはじめる。死の二日前の九月十七日まで百二十七回つづく。十三日、未曾有の大苦痛を覚える。病勢さらに進む。六月二十日より七月二十九日まで「仰臥漫録」に「麻痺剤服用日記」をつける。六月「果物帖」を描き始める。八月、「草花帖」に写生を始める。「玩具帖」を描き始める。九月初旬、下痢が激しくなり衰弱はなはだしい。九月十日、子規庵で最後の蕪村句集輪講会が開かれる。腰から下が動かせず苦痛極限となり、麻痺剤も効かない状態となる。十八日、朝から容態悪化し、午前十一時頃、糸瓜三句の絶筆をを記す。十九日、午前一時頃永眠。二十一日葬儀、田端大龍寺に埋葬する。

あとがき

子規の俳句を鑑賞した本を思い浮かべてみよう。
内藤鳴雪・高浜虚子ほか『子規句集講義』（大正5年）
臼田亜浪『評釈子規の名句』（大正15年）
高浜虚子『子規句解』（昭和21年）
今西幹一・室岡和子『子規　百首・百句』（平成2年）
宮坂静生『子規秀句考』（平成8年）

主なものはこれくらいであろうか。もちろん、河東碧梧桐、斎藤茂吉、山本健吉、大岡信などの子規論の中にも随所で鑑賞が行われている。一番新しい鑑賞としては、愛媛新聞社発行の郷土俳人シリーズ『正岡子規』（平成15年）に愛媛県在住者が鑑賞した「鑑賞百句」がある。この百句の選出は坪内稔典だった。

この『子規百句』も選出はやはり坪内である。郷土俳人シリーズ『正岡子規』に至るまでの鑑賞は子規の境涯に依存しすぎている。坪内はそのことに不満を持っていた。俳句をまずはそこに表現されているままに読みたい。子規を知らなくても読める、という読み方をしてみるべきではないか。坪内のもらした以上のような不満に即座に共鳴したのが小西昭夫であった。そして、この本の製作を「子規新報」を発行する大早友章が引き受けてくれた。

そこで、さっそく、新しく子規百句を読もう、という試みが始まった。百句を坪内が選び、書き手（鑑賞者）を小西と大早が決めた。草稿には坪内、小西が目を通し、何人かには書き直しを求めた。表現に即して鑑賞するという趣旨の徹底を書き手に求めたのである。この本では一応、鑑賞の前段が表現に即した読み、後半が鑑賞者の意見というかたちになっている。ちなみに、書き手は愛媛県に住む比較的若い人々である。坪内も愛媛県の出身だが、子規の郷土の後輩たちが先輩の俳句を読んだ本、それがこの本である。

ともあれ、この本が多くの読者を得、人々が子規の俳句と気軽に親しむ契機になればどんなによいだろう。

平成十六年八月二十八日、子規忌の近い日に

小西昭夫
坪内稔典

子規百句

2004年8月28日発行　定価＊本体800円＋税
2018年6月10日第五刷発行

編　者　坪内稔典・小西昭夫
発行者　大早友章
発行所　創風社出版

〒791-8068 愛媛県松山市みどりヶ丘9－8
TEL.089-953-3153 FAX.089-953-3103
振替 01630-7-14660 http://www.soufusha.jp/
印刷 ㈱松栄印刷所　製本 ㈱永木製本

ISBN 978-4-86037-044-2

郵便はがき

恐縮ですが
切手を貼って
お出し下さい

791-8068

愛媛県松山市
みどりヶ丘9－8

創風社出版　行

●今回お買い上げいただいた本の書名をご記入下さい。

書名	
お買い上げ書店名	
（ふりがな） お名前	（男・女） （　　歳）　㊞
ご住所	〒 （TEL　　　　FAX　　　　） （E-mail　　　　）

※この愛読者カードは今後の企画の参考にさせていただきたいと考えていますので、裏面の書籍注文の有無に関係なくご記入の上ご投函下されば幸いです。

◎本書についてのご感想をおきかせ下さい。

創風社出版発行図書　購読申込書

下記の図書の購入を申し込みます

書　　　　名	定　価	冊　数

ご注文方法

☆小社の書籍は「地方・小出版流通センター」もしくは「愛媛県教科図書株式会社」扱いにて書店にお申込み下さい。

☆直接創風社出版までお申込み下さる場合は、このはがきにご注文者を明記し、ご捺印の上、お申込み下さい。送料無料にて五日前後で、お客様のお手元にお届け致します。代金は、本と一緒にお送りする郵便振替用紙により、もよりの郵便局からご入金下さい。